리얼충도 … 도 되지 못하는 … 청춘 2

히로사키 류 지음
토우마 키사 일러스트

リア充にもオタクにもなれない俺の青春

오타쿠라 카나메
(오타히메)
「차라리 이렇게 된 거,
본 무대에서 뜬금없이 이엣타이가라도 넣어버릴까?
리얼충 님들의 솔로 파트에☆」

「하지만 료타 씨는,
메구의, 남친이잖아?」
니노마에 나나코
(이나고 양)

리얼충도 오타쿠도 되지 못하는 나의 청춘 2

Between R and O,
Neither R nor O. Who am I?

히로사키 류 지음
토우마 키사 일러스트

1장 화요일의 마키마키

오타쿠는 사는 게 즐겁겠다, 라고 생각한다.

텔레비전을 켜면 언제나 신작 애니가 방송되고, 정보 사이트를 보면 매일같이 신작 게임이 발매되고, 학교에 가면 같은 화제를 공유할 수 있는 동지들이 잔뜩 있고, 게다가 교실 구석에 숨어 소곤소곤 대화할 필요도 없다. 큰 목소리로 당당히 얘기해도 된다. 현대의 도쿄에선 오타쿠도 기본적 인권을 보장받기 때문이다.

그러니 분명 오타쿠는 인생을 구가하고 있다.

…주어가 가리키는 범위가 너무 넓은가?

그럼 조금 더 적절한 표현으로 바꿔보자.

OTA단 녀석들은, 나 같은 것과 달리 청춘을 마음껏 구가하고 있다.

"아직 뻔해."

"아직 일반인."

"아직 존귀하지 않아."

점심시간에, 2학년 4반 교실에서 2학년 4반 소속이 아닌 녀석들이 즐겁게 떠들어대고 있었다.

뭐, 언제나 있는 일이지만.

여기에는 오타히메가 있기 때문에 OTA단 남자들은 틈만 나면 이 교실로 모여든다.

"마, 그러치? 이때까지만 해도 대지 찬송이나 몰다우 같은 곡으로 정해질 것 같은 분위기였데이."

"아무데나 널린 흔해빠진 합창대회, 라는 거구나?"

야기우 씨가 스마트폰 화면을 보여주었다.

오타히메가 몸을 앞으로 내밀어 그 화면을 들여다보았다.

다른 남자들도 몸을 내밀어 스마트폰 화면을 보…는 척하면서, 자세 때문에 강조되는 오타히메의 가슴을 흘끔흘끔 곁눈질했다.

객관적으로 보면 아주 뻔한 거동이다.

본인들은 잘 얼버무리고 있다고 생각하겠지만, 5초에 한 번 정도라면 가슴을 쳐다봐도 어색하지 않을 거라는 계산까지 전부 포함해 구제할 도리가 없을 정도로 지독하게 뻔하다.

물론 그 마음을 이해 못 하는 건 아니지만.

이렇게 쿨하게 분석하고 있는 나도 정작 저 무리에 끼어 있었다면, 저 각도에서 시선을 보낼 수 있는 장소에 있었다면 똑같이 행동했을 테니까.

그건, 다시 말해 남자의 본능이다.

그러니 저 녀석들을 비난할 마음은 조금도 없다.
비난받아야 하는 쪽은 오타히메다.
정확히 말하자면 오타히메의 발칙한 가슴이다.
……무슨 이야기를 하고 있었더라?
"내는 오타쿠니까, 거기서 상쾌하게 【반사반격】을 제언했데이."
"응?"
"흐름이 변했군."
"존귀해질 것 같군."
아, 그래, 그렇지.
옆 반인 2학년 3반이 어제 홈룸 시간에 합창대회 발표곡을 정했다는 이야기였다.
야기우 씨가 지금 말한 건 작년에 개봉한 〈반사회적 커넥션 ~반코네~〉 극장판의 주제가다. 극장판 애니치고는 이례적인 수준의 대히트작이었기 때문에 주제가도 상당히 인기를 끌었다.
얼마나 유명하냐면, 극장판을 보지도 않은 데다 오타쿠도 아닌 나조차 후렴구 정도는 부를 수 있을 정도다.
나는 반사회적으로 너를 찾고 있었어 어쩌고저쩌고…
"2학년 3반의 리얼충 세력, 투덜거리면서도 마땅한 결정타를 잡지 못하는 모양. 으음~, 교진의 대타 같은걸?"
"아~, 야구는 잘 모르지만, 거기서 야기우 씨가 취한 행동은~?”

“그야 뜨거운 연설밖에 더 있겠나? 호오? 니들 애니송 차별하나? 우리는 저항할끼다! …주먹으로!”

“오옷? 그래서그래서? 그 결과는~?”

“…자, VTR 스타트!”

야기우 씨가 동영상을 재생했다.

반장으로 보이는 학생이 칠판에 正자로 표결 결과를 써 놓았다.

대지 찬송, 7표.

몰다우, 6표.

반사반격, 10표.

기타, 전부 5표 이하.

[다수결 결과, 3반의 합창곡은 반사반격으로 결정되었습니다.]

“완전승리를 거둔 야기우 씨한테 UC~☆”

“와오~ ㅋㅋㅋ”

“♪빠바바밤~ 빠~밤 빰빠밤~.”

“존귀하다…, 존귀해…!!”

떼로 모여서 ㅋㅋㅋ를 연발 중인 OTA단의 오타쿠들.

그 모습을 멀찍이 떨어진 자기 자리에서 보고 있는 나.

…다시 한 번 말한다.

저 녀석들, 인생 정말 즐거워 보이네.

오타쿠가 되지 못한 나는 저 무리에 끼는 게 허락되지 않는다. 지금처럼 내 자리에 앉아 턱을 괴고서 UC가 뭐더라? 로봇 애니 주제가를 이상한 동영상에 갖다 붙인 거였던가? 라고 혼자서 생각하는 수밖에.

분명히 사소한 지식 따위는 전혀 중요하지 않을 것이다.

약속된 화제에 약속된 반응으로 답하는 것. 그것만 중요하겠지.

나도 안다.

하지만 나에게는 무리였다.

그래서 나는 오타쿠가 아니었다.

청춘을 구가하지 못하는 게 약속된 저변의 존재였다.

…그건 사실이다.

적어도 2주 전까지는, 확실하게.

"료타, 듣고 있어?"

"…어?"

"전혀 안 듣고 있었지, 지금."

"…미, 미아…, 윽."

허둥지둥 돌아본 순간에 미간을 검지로 쿡쿡 찔려, 나는 반사적으로 눈을 감았다. 쿡, 하고 웃는 숨소리만 들렸다. 눈을 뜨니 리얼충 여자가 조금 졸린 표정으로 나를 바라보며 웃고 있었다.

"그다지 중요한 이야기는 아니었으니까, 최소한 듣는 척 정도만이라도 해주면 되는데. 료타는 듣는 척을 잘 못하니까, 뭐라고 할까, 오히려 그게 재미있어."

재미있다고 말하지만 목소리 톤은 평소와 다를 게 없다.

뒤집어 말하면, 화를 내거나 슬퍼하는 것도 아니다.

지난 2주 동안에 그 정도는 파악할 수 있게 되었다.

"또 어려운 생각 하고 있었어?"

"아, 아니, 그건."

"전에도 말했지만, 나랑 둘이서만 있을 때는 제대로 나를 바라봐 준다면 좋겠어."

나를 질책하는 말투는 아니다.

나에게 토라진 말투도 아니다.

농담을 하고, 놀리면서 즐거워하는 말투다.

리얼충 여자가 언리얼충 남자를 깜빡 착각하게 만들어 버리는, 너무나 죄 많은 말투다.

실제로 나도 착각할 것 같다.

'어쩌면 나를 좋아하는 걸까'라든가 '혹시 좀 더 호감도를 연마하면 기회가?'라든가 '목욕탕에서 거울을 꼼꼼히 보니까 내 얼굴도 의외로 괜찮은데? 리얼충 여자가 반하는 것도 납득'이라는 바보 같은 착각을 할 것 같아졌다.

하지만 그렇지 않다.

그런 전개를 기대해도 되는 건 리얼충 남자뿐이다.

리얼충 남자가 아닌 나 같은 존재는 리얼충 여자의 남자친구가 되고 싶다는 생각 자체가 범죄행위에 해당한다. 입 밖에 내는 건 당연하고 마음속으로 바라는 것조차 아웃이다. 사상과 양심의 자유라는 숭고한 인간의 기본권이, 고등학교 교실이라는 폐쇄적인 촌락사회에서 누구에게나 보장된다고 생각한다면 큰 착각이다.

그래서 나는 최대한 겸허하게 살고 있다.

자칫 스스로를 과대평가하는 일이 없도록, 최대한 조심하면서 도쿄 한복판에서 서바이벌 생활을 해나가고 있다.

그런 나에게, 언제나 졸려 보이는 리얼충 여자가 이렇게 말해주는 것이다.

"료타는 내 남친이거든?"

착각하면 안 된다.

예나 지금이나 나는 리얼충 같은 게 아니다.

이 발언은 거짓말이다.

2주 전부터 시작되어 3달 후에는 끝날, 총 13화짜리 애니메이션 같은 거짓말이다.

"…알아, 나는, 메구의, 남친이니까."

거짓말에 거짓말을 덧씌우며 페트병에 든 차를 마셨다. 사실은 사이다를 마시고 싶은 기분이지만 역시 방과 후까지는 참아야겠다.

리얼충이 아닌 내가 리얼충을 연기하는 이유.

2학년 4반 교실을 메구가 안심할 수 있는 장소로 만들기 위해서.

이 교실에는 메구를 좋아하는 리얼충 남자가 있다. 그리고 그 녀석을 좋아하는 리얼충 여자가 있다. 그 두 리얼충이 건전하고 바람직한 이성교제를 시작해 주지 않으면, 메구의 입장이 상당히 불안정해진다.

그래서 표면적으로는 이렇게 하기로 했다.

속마음을 당당히 말할 수 없는 고교 생활에도, 나는 조금씩 익숙해져가고 있었다.

❖ ❖ ❖

츠쿠모 학원에선 5월에 반대항 합창대회가 열린다.

매년 4월에 반이 재배치되기 때문에 공통된 목표를 제시해 결속을 강화하고 유대감을 키운다는 목적이 있겠지.

그렇게 생각대로 되면 참 좋겠지만.

뭐, 쉬운 일은 아니다.

교실 안의 인간관계는 그보다는 더 복잡하니까.

"저건 뭐였더라?"

"무슨 애니메이션의 주제가였던 것 같은데. 극장에서 들은 적이 있으니까 아마 영화로 나온 거겠지."

"음-, 애니송이라-."

긍정도 부정도 아닌.

그야말로 일본인다운 미묘한 공기가 2학년 4반 교실에 가득했다.

오후 3시 반을 조금 지난 시각. 3반보다 하루 늦게 4반도 합창대회의 곡을 정하려는 참이었다.

"…오옷? 오옷오옷~?"

웃고 있던 오타히메의 표정이 굳었다.

모두의 반응, …주로 리얼충 사이드의 반응이 예상보다 약했기 때문이다.

일단 여기까지의 흐름을 정리해 보자.

칠판에는 뻔한 곡명이 쭉 늘어서 있는데, 솔직히 그냥 말해 봤다는 인상이 강했다.

그야 어쩔 수 없다면 어쩔 수 없는 일이다.

어머니 대지를 찬송하고 싶다고 진지하게 생각하거나,

유럽 어쩌고 나라의 듣도 보도 못한 강에 깊은 추억을 가진 고등학생이 일본에 몇 명이나 있겠냐고.

그래서 특정 곡을 적극적으로 미는 인간은 아무도 없었다.

그런 타이밍에 기세 좋게 손을 든 오타히메.

칠판에 추가된 네 글자, 반사반격.

곡 선정은 좀 그렇지만, 딱 한 명, 유일하게 적극성을 띤 인간이 나타난 것이다.

이건 완전한 승리 플래그, 결정적으로 흐름을 바꾸는 신의 한 수다. 어제 3반에서 일어난 반사회적 역전극이 오늘은 4반에서도 재현될 게 분명하다.

…오타히메는 아마 그렇게 생각하겠지.

하지만 현실은 달랐다.

이유가 뭐냐고?

이 교실에 군림하는 여제가 한 명 더 있기 때문이다.

"앗, 영화라고 하니까 떠올랐어~★"

바로 마키마키다.

난폭한 정리지만, 오타히메가 오타쿠 사이드의 공주님이라면 마키마키는 리얼충 사이드의 여왕님이라고 할 수 있다. 각자의 영역에서 엄청난 지배력을 발휘하기 때문에 이 둘을 적으로 돌렸다간 사실상 그 진영에서 살아가는 게 불가능하다.

바로 그런 그녀가 이 타이밍에 움직인 것이다.

"전에 텔레비전에서 봤는데~, 성당 수녀님이, 음…, 가스펠? 같은 걸 부르는 영화가 있었잖아. 그거 엄청 좋지 않았어?"

"아, 나도 알아! 금요일 밤에 방송한 영화지? 끝내주던데-."

"응응, 끝내주지~? 아무튼 그 영화 마지막에 부르는 곡을 합창대회 같은 데서도 부르는 경우가 있대."

"진짜? 그거 좋을 거 같은데?"

"나도 엄청 좋다고 생각해★"

마키마키의 발언에 마찬가지로 강한 영향력을 지닌 키노모토가 동의한다.

분위기가 완전히 바뀌었다.

여론 형성이 완료되었다.

이 둘을 중심으로 한 리얼충 그룹 분들께서, 오타히메의 제안에는 미묘한 반응만 보이던 리얼충 분들께서, 입을 모아 찬동의 목소리를 내기 시작한 것이다.

"마키마키, 그 얘기 BINE에서도 하지 않았어?"

"괜찮을 것 같은데? 나도 그 곡 들어보니까 엄청 좋더라-."

"아, 그런데 영화에선 전부 여자 아니었어?"

"남녀 혼성으로 부를 수 있는 어레인지가 있지 않을까?"

"아– 오케이! 으아아, 이해력 너무 없어서 미안!"
"뭐랄까, 이걸로 확정해도 될 거 같은데."
여기까지 오는 데에 걸린 시간, 고작 수십 초.
막판에는 '확정'이라는 말까지 튀어나와 버렸다.
리얼충의 민주주의에 다른 의견은 필요 없다. 강한 유대감으로 맺어진 베프들은 당연히 모두 같은 의견을 가지고 있을 테니까.

그럼, 최종 결과를 일부 발췌해 보자.
대지 찬송, 5표.
몰다우, 4표.
반사반격, 6표.
Holy Night Queen, 11표.

"다수결을 통해, 4반 합창곡은 Holy Night Queen으로 결정되었습니다."
"예이–★."
"예이–!"
활짝 웃으며 하이파이브를 나누는 리얼충 남녀.
그 모습을 자기 자리에서 멀찍이 바라보는 나.
…새삼 생각한다.
저 녀석들, 인생 즐거워 보이네.

얼마 전까지만 해도 나는 리얼충이 되려고 했다. 그리고 나로서는 될 수 없다는 걸 뼈저리게 느꼈다. 그런데도 흐름에 휩쓸려 리얼충 행세를 할 수밖에 없게 되었다.

그런데 말이야, 실제로도 꽤 고생이란 말이지.

"기왕 하는 거니까 우승을 노리자!"

"그럼 진짜로 아침 연습 같은 거 할까?"

"크으~, 그거 진짜 청춘인데?"

"하지만 전원 참가까진 무리 아닐까? 야구부원 같은 애들은 못 쉴 텐데."

"그건 어쩔 수 없지, 강제참가도 아니니까."

"하지만 이쪽 녀석들은 전원 참가야. 이건 강제."

"어이어이어이어이, 진짜냐! …그야 물론 참가할 거지만!"

한 마디 오갈 때마다 이야기가 쭉쭉 뻗어나간다.

그리고 키노모토가 태연하게 지정한 '이쪽 녀석들'에 나는 아슬아슬하게 소속되어 있다.

어떤 의견도 말하지 않고 가만히 있다 보니 어느새 아침 연습 참가가 기정사실화되어 있었다.

리얼충 그룹의 말석에 앉아있다 보면 흔하게 겪는 일이다.

이젠 포기했다.

아~, 난 아침엔 일찍 못 일어나는데, 같은 불만은 마음속에 담아두…,

"아-, 난 아침엔 일찍 못 일어나는데-."

정말이지~! 자유롭게 발언할 수 있는 녀석은 부럽다니까~!

내가 방긋방긋 웃으며 부글거리는 속을 가라앉히는 동안에, 마키마키는 싱글싱글 웃으면서 손가락으로 머리카락을 뱅글뱅글 꼬며 키노모토에게 뜨거운 시선을 보냈다.

"키놋치, 아침에 BINE으로 깨워 줘."

"어, 내가?"

아, 나왔습니다.

리얼충 여자가 리얼충 남자에게 접근하고 싶을 때 시전하는 단골 테크닉, 아침 BINE 조르기.

마키마키는 대놓고 키노모토 군을 좋아한다. 이건 이미 확정된 정보다. 좋아하고 좋아하고 너무 좋아해서 그 사랑을 성취하기 위해서라면 수단과 방법을 가리지 않을 것이다. 내가 멋대로 단정하는 게 아니라, 나 따위보다 훨씬 통찰력이 뛰어난 메구가 그렇게 확신하는 것이다.

…그러고 보니.

그런 마키마키가, 가볍게 생각하면 어찌 되든 알 바 아닌 합창대회 선곡에서 적극적으로 움직였다는 건.

뭔가 이유가 있을까?

그보다, 분명히 있겠지?

"다들 조금만-, 조금만 조용히 하고 들어 주세요-!"

교실이 소란스러워지자 의사 진행을 맡은 학급 반장이 목소리를 높였다.

"곡이 결정되었으니 지휘자와 반주자를 정해야 합니다. Holy Night Queen에는 솔로 파트가 있는 것 같으니 가능하다면 솔로 담당자도요."

"아, 그거라면."

마키마키가 곧바로 반응했다.

마치 처음부터 이 순간을 기다렸다는 듯이.

"남성 솔로는 키놋치가 좋을 거 같아★"

"어, 진짜로?"

"그야 노래방에서 실력 제일 좋지 않았어? 다들 그렇게 생각하지?"

"맞아-."

"핵인정-."

"어어, 정말로-? 내가 하는 건가아-."

마키마키뿐 아니라 다른 여자아이들도 찬동한다. 한 치의 어긋남이 없는 팀워크로 키노모토를 미는 여론이 형성되어 간다.

"그럼 여성 솔로는 어떻게 할까?"

"키놋치가 한다면 나도 하고 싶어-."

그렇군요.

그 한마디에 많은 깨달음을 얻었습니다.

남성 솔로와 여성 솔로라면 단둘이서 연습할 기회도 있을 테고 단순접촉 횟수도 늘어날 것이다. 그럼 거기서부턴 시간 문제일 뿐이지.

"…아, 나랑 마키마키라. 확실히 괜찮겠네-."

키노모토는 그렇게 말하면서도 살짝 당황한 표정이었다.

한 손으로 목을 감싸는 훈남 특유의 포즈로, 순간 메구에게 시선을 보냈다.

응, 나는 놓치지 않았다.

지금 확실히 마키마키가 아니라 메구 쪽을 보았다.

아오, 진짜 답답하네.

아직 마키마키의 마음을 깨닫지 못하는 것뿐인지도 모르지만, 그렇다면 좀 빨리 깨닫고 사귀어 줘. 그렇게 해주지 않으면 내가 곤란하고, 나보다 메구가 더 곤란하고, 아무리 시간이 흘러도 교실에 평화가 오지 않는단 말이다.

키노모토가 마키마키와 맺어진다.

그러기 위해 메구를 향한 연애감정을 포기한다.

그러기 위해 내가 메구의 남친을 연기한다.

바로 이게 2학년 4반에 평화를 가져다주기 위한, 메구가 안심할 수 있는 장소를 만들기 위한 최적의 답이다.

그런 사정 때문에 리얼충 행세를 하고 있는 나로서는 이번에 마키마키가 다소 무리해서라도 대시한 건 결코 나쁘지 않은, …오히려 대단히 반가운 이야기라고 할 수 있다.

당장 사귀란 말이다.

리얼충이니까 리얼충답게 리얼충해버리라고.

그렇게 하면, 분명 모두가 행복해질 수 있으니까.

홈룸 시간이 끝났다.

결정된 사항을 정리하자면 남성 솔로는 키노모토, 여성 솔로는 마키마키. 여러 의미에서 마키마키의 계획대로, 완전 승리다.

지휘자는 셀프 추천도, 다른 사람 추천도 없었던 탓에 결국 반장이 스스로 떠맡는 것으로 마무리되었다.

문제는 반주자인데, 아무래도 4반에는 피아노를 칠 줄 아는 학생이 없는 모양이라 추후에 대책을 검토하기로 했다.

…이건 나름 큰 문제라는 기분이 드는데, 잘 해결되려나?

뭐, 그건 그렇다 치고.

“응응 ㅎㅎㅎ 말도 안 돼 ㅎㅎㅎ”

교실 한구석에서 오타히메가 분을 삭이고 있었다.

초성을 연발하면서 표정은 웃고 있지만, 노골적으로 신경질을 내고 있다.

"가스펠? 그게 뭐지? 먹는 거? 30년 전 영화를 끌고 나와도 곤란하잖아. 그럴 바에야 1년 전 영화가 낫잖아? 아니, 1년 전도 아니지, 지금 2기가 방송 중인데?"

"으, 응, 그러게. 에헤헤헤."

맞장구를 치는 사람은 OTA단의 일원인 나나코 씨.

뭐, 오타히메가 불만을 갖는 건 이해가 가고, 나나코 씨가 그 상대로 선택되는 것도 이해가 간다. 4반에는 OTA단 부원이 두 명밖에 없으니까.

요즘 시대에 오타쿠는 결코 소수민족이 아니다. 이 상황이 오히려 레어 케이스라고 말해도 될 정도다. 실제로도 야기우 씨가 있는 3반에는, 으음, 6명? 7명이던가? 아무튼 그 정도의 부원이 있을 테니까.

오타히메의 불운은 그야말로 4반에 배정되었다는 사실 자체다.

점심시간에는 다른 반에서 OTA단 녀석들이 찾아오니까 그다지 의식한 적이 없지만. 이번 투표에서는 수적 열세가 노골적으로 반영되었다.

"차라리 이렇게 된 거, 본 무대에서 뜬금없이 이엣타이가라도 넣어버릴까? 리얼충 님들의 솔로 파트에☆"

"어? 이, 이엣타이가는, 역시, 좋지 않아…."

"어째서?"

"어째서…, 냐니, 그건, 으음…."

위험한 발언이 들려왔다.

이엣타이가는 오타쿠 용어로, 간단히 설명하면 곡과 맞지 않는 콜을 제멋대로 넣어 노래와 연주를 방해하는 민폐 행위를 말한다. 진지하게 하는 소리까진 아니라고 믿고 싶지만, 농담이라 해도 아슬아슬하게 허용선에 걸쳐 있는 수준이라고 할 수 있다. 멀리서 듣기만 하던 나도 조금 불쾌한데, 나나코 씨는 면전에서 저런 이야기를 들어야 한다니…. 좋아, 슬슬 도와줘야겠다.

"…메구, 가자."

"응, 알았어."

자리에서 일어나 어깨에 가방을 휙 걸쳤다.

후우, 하고 숨을 내뱉으면서 언제나 하는 자기암시를 마음속으로 외웠다.

나는 여친 있는 리얼충!

나는 여친 있는 리얼충!

나는 여친 있는 리얼충!

…좋아, 준비 완료.

"바쁘실 텐데 잠깐 실례~."

"앗…, 료타 씨."

"으엑?! …아, 아니, 크흠, 크흠. 료타 씨, 무슨 일이야?"

오타히메는 한순간이었지만 진심으로 겁에 질린 표정을

지었다.

"음? 아니, 카나메 씨가 아니라 나나코 씨한테 볼일이 있거든. 미술부 부실을 또 쓰고 싶어서 말야. …나랑 메구가."

"…료타 씨랑, …메구 씨가."

"그래그래, 언제나 하는 그거. 아, 혹시나 해서 묻는 건데, 그 얘기 아무한테도 안 했지?"

"무, 물론이야! 약속, 했으니까?"

"아~, 고마워. 협력해 줘서 땡큐~."

애니에 등장하는 악역 리얼충처럼 웃으면서, 조금도 성의가 담기지 않은 인사를 했다.

"그럼 나나코 씨 좀 빌려갈게. 우리가 쓰기 전에 부실 안을 정리해 줬으면 하거든."

"…정리?"

"아니, 그야 어느 정도는 공간이 필요하잖아?"

"…아, 아아아앗, 그런 뜻이었구나아! 그, 그래, 그러네! …그럼 나나코 씨, 다녀와~☆"

두 팔을 활짝 펼치고 좌우로 붕붕 흔든다.

외모만은 트집 잡을 수 없는 미소녀니까 OTA단 남자 부원들이 푹 빠진 것도, 아키하바라 일각에서 인기가 있는 것도 이해가 안 가는 건 아니긴 한데.

❖ ❖ ❖

"…어쩐지, 무지무지 피곤해."

복도를 걸으면서 저도 모르게 불평을 늘어놓고 말았다.

"홈룸 시간에 합창대회의 곡을 정했을 뿐인데 어째서 이렇게 멘탈이 깎여나가는 거지?"

"음—, 그래도 어쩔 수 없어. 마키마키한테는 엄청난 기회였으니까."

"어? 그, 그런 거야?"

메구와 대조적으로 나나코 씨는 상황 파악이 제대로 안 되는 모양이었다.

뭐, 리얼충들의 인간관계는 밖에서 보는 것만으로는 이해할 수 없으니까. 나도 이 관계에 말려든 당사자가 아니었다면 이번 일은 철저하게 의미불명이었겠지.

"키노모토랑 마키마키는 잘 어울리는 커플이라고 생각하는데. 이걸 계기로 관계가 급진전된다면 좋겠어."

"아하핫, 그러게 말야."

마치 남의 일이라는 듯이 메구가 웃는다.

뭐라고 할까, 정말로 멘탈이 강하다. 너무 강하다.

"하지만 연애문제는 일단 넘어가더라도, 솔로 파트는 그 둘이 하는 걸로 아무 문제 없지 않을까?"

"…그건 단순히 노래를 잘하니까, 라는 이야기?"

"응. 료타도 들었잖아, 노래방에서."

"…으음."

기억을 되짚어본다.

리얼충들과 함께 노래방에 간 기억은 너무나 괴로운 탓에 거의 잊어버렸지만, 확실히 둘 다 실력은 좋았던 것 같다. 음정, 음량, 박자, 어디를 봐도 하이레벨이다. 게다가 노래하면서 분위기 띄우는 기술까지 있으니 온 신경을 집중해 그럭저럭 부르는 데에 간신히 성공한 나와는 비교도 되지 않는 수준이다.

참고로, 미안한 이야기지만 솔직히 말해 메구의 노래 실력은 좋지 않았다. 음정, 음량, 박자, 전부 꽝이라는 검은 삼연성이었다.

하지만 그게 큰 핸디캡이 아니라는 게 메구의 대단한 점이다.

'내가 음치라는 것 정도는 자각하고 있어.'

…그렇다.

그래서 내내 탬버린을 치고 있었다.

리얼충 세계에서 살아남으려면 그런 처신술이 중요하겠지.

예를 들면, 키노모토에게 고백을 받아도 마키마키의 적이 되지 않기 위해 '미안하지만 료타랑 사귀기 때문에 그럴 수 없다'라는 거짓말이 곧바로 나올 정도의 처신술이.

메구는 살기 위해서 거짓말을 한다.

메구의 속마음을 아는 사람은 나랑 나나코 씨, 그리고 또 누가 있지? 어쩌면 그 외에는 아무도 없을지도 모른다. 적어도 키노모토나 마키마키는 확실히 아니겠지.

같은 그룹에 있고, 겉으로는 그렇게 사이가 좋으면서도.

조금 더 깊은 곳에 숨겨둔 속마음은, 누구도 모르는 법이니까.

그리고 우리는 지하 2층에 있는 미술부 부실로 향했다.

정확히 말하면 부실로 향하는 사람은 나나코 씨와 나 둘뿐이었지만.

"그럼 나는 일단 여기까지만."

지하로 내려가는 계단 앞에서 메구가 가볍게 손을 흔들었다.

"6시 반까지 적당히 시간 보내고 다시 올게."

"…언제나 미안해. 신경 쓰게 해서."

"난 괜찮은데? 내가 끼어 있으면 그편이 더 나나코를 신경 쓰게 만들 테니까."

"으음, 그, 고마워…."

"그렇게까지 고마워할 일은 아니라니까. 그럼 료타를 잘 부탁해."

“자, 잘 부탁, 받을게….”

나나코 씨는 메구에게 고개를 숙이더니 내 쪽으로 고개를 돌려,

“메구한테 잘 부탁받아 버렸으니까…. 료타 씨한테, 마구마구, 잘 해버려도 되지? 에헤헤헤.”

들뜬 목소리로 웃었다.

이제부터는 나나코 씨의 행복한 시간이 시작된다.

그건 바로 나에게 〈아이돌 파이브!〉를 포교하는 일.

상대는 꼭 나여야 한다. 딥하고 마니악한 영역까지 마음껏 말하고 싶기 때문에 아쉽지만 메구는 듣는 역할을 해줄 수 없다.

그리고 모종의 불상사가 일어난 후로 아이돌 파이브라는 작품은 오타쿠들에게는 언급조차 금기시된 오와콘* 취급을 받고 있다. 오타히메를 비롯한 OTA의 부원들에겐 포교를 하지 못하는 정도가 아니라, 포교활동 자체를 숨기지 않으면 살아갈 수 없다. 나나코 씨가 처한 상황은 잠복 크리스찬에 가깝다고 할 수 있다.

그리고 잠복 돌파이버인 나나코 씨에게 남겨진 성역, 우상(피규어)과 추상화(포스터)로 장식된 비밀 예배당이 바로 미술부 부실이다.

그렇기에 나는 주 2회 정도, 사람이 거의 지나다니지 않

* 終わったコンテンツ, 끝난 콘텐츠라는 일본의 줄임말.

는 지하 2층으로 향한다.

하지만 그 날, 그 모습을 오타히메에게 목격당해 버렸다.

위장 목적인 즉흥적인 거짓말로 얼버무리긴 했지만.

으음, 그 거짓말이라는 게 그야말로 리얼충스럽다고 할까, 스스로도 창피해질 레벨이라고 할까, 그건 즉, 메구랑…,

"왜 그래, 료타?"

"…어?"

"어-, 그야 아무 말도 없이, 나를 계속 쳐다봤잖아."

"…앗, 내가 그렇게 보고 있었어?"

"응, 엄청 뚫어져라 쳐다봤어. 위에서 아래까지."

"……."

으아아아아아아아!

자각은 전혀 없었지만, 나는 지금 메구를 완전 뚫어져라 쳐다보고 있었구나!

게다가 얼굴이 아니라 가슴이랑 스커트 쪽을 중점적으로!

물론 머릿속에 떠오르는 건,

'미술부 부실, 러브호텔 대용으로 쓰고 있거든.'

'조금 더러워져도 나나코 씨가 나중에 청소도 해주니까.'

오타히메를 쫓아내기 위해 날조한 바로 그 설정이었다.

내가 이런 쓰레기였다니.

이래서야 에로밖에 모르는 멍청이잖아.

그 설정은 어디까지나 위장용이자, 현실에선 있을 수 없는 순도 100% 거짓말이고, 지저분한 망상의 도구로 써도 될 만한 게 아닌데,

"아까부터 반응이 너무 수수께끼라서 재미있어."

"…으음, 응, 너무 수수께끼라서, 미안해."

"음–, 나는 딱히 상관없지만."

사고가 정지된 채 경직된 나에게 메구가 한 걸음, 아니, 한 걸음 반 접근했다.

입이 귀까지 걸릴 기세로 장난스럽게 웃으며 작은 목소리로 속삭였다.

"나나코랑 둘만 있다고 해서, 야–한 생각 같은 건 하면 안 돼, 알았지?"

❖ ❖ ❖

포터블 플레이어를 조작하면서 나나코 씨가 열렬히 설명했다.

"이 장면은 정말 몇 번을 봐도 질리지 않아. 작화도 엄청 공을 들였거든. 앗, 작화감독이 1화 맡았던 사람인데

땀 표현으로 유명해."

화면에선 아이돌 마법소녀들이 땀을 흘리며 요염하게 헉헉거리는 숨소리를 내고 있지만, 괜찮다. 야~한 생각은 하지 않는다.

"에헤헷. 정말 변태급 작화라서 웃음이 나온다니까. 여기서 몇 매나 썼을까? 한 화면에서 세 명 전부가 마구 움직여대잖아? 원화랑 원화 사이의 동화도 작붕이 전혀 없어. 이런 걸 보면 변태라는 말밖에 안 나와!"

마구 움직여댄다, 변태다, 같은 상상력을 자극하는 단어들이 들리지만, 괜찮다. 야~한 생각 같은 건 하지 않는다.

"그리고 다음 장면의…, 여기! 이 로우앵글! 아이돌 파이브에 기본적으로 노골적인 서비스신은 없지만, 무슨 수를 써서라도 그리고 말겠다는 감독의 집착이 제일 잘 드러나거든. 정말, 못 참겠어, 에헤헤헤."

…괜찮아. 야한 생각 같은 건 하지 않는다.

"하우우. 왠지 몸이 뜨거워지기 시작했어. 내가 너무 흥분한 걸까? 재킷 벗는 게 나으려나?"

"…괜찮아. 야~한 생각은 안 하니까."

"어?"

"어?"

침묵.

지근거리에서 눈과 눈이 마주치는 나나코 씨와 나.

[하아~, 진짜 싫다아~. 찰싹 달라붙어서 꽁냥꽁냥 하는 모습을 그렇게 자랑하듯 보여주지 말라고!]

포터블 플레이어에서 미코미의 대사가 흘러나왔다.

지금 나는 나나코 씨의 포교활동을 듣고 있다.

미술부 부실에는 텔레비전이 없으니, 블루레이를 재생하려면 1인용 포터블 플레이어를 둘이 함께 들여다보는 수밖에 없다. 즉, 접근은 불가피하다. 하지만 일주일에 두 번이나 이런 활동을 하는 만큼 이미 익숙해졌을 거라고 생각했다.

하지만 오늘은 메구의 농담이 진지하게 와 닿아서인지, 이상하게 의식하게 된다. 작품의 내용에 집중할 수가 없다.

이러면 안 되는데.

이렇게 불경스러울 수가.

아이돌 파이브라는 멋진 작품을 앞에 두고. 그리고 그 대단함을 포교하겠다는 순수한 마음으로 최후의 성역을 홀로 지켜온 나나코 씨를 옆에 두고.

이런 태도로 임하는 것 자체가 결코 용서받지 못할 모독이다.

나에게도 돌파이버의 긍지가 있다.

게다가 메구랑 약속도 했다.

그러니까, 포교활동 도중에 절대로, 절대로 야~한 생각

따위는 하지 않겠어.

"료타 씨?"

"…앗."

큰일이다.

무리일 것 같다.

지금, 순간적으로 나나코 씨 귀여워~, 라고 생각해 버렸다.

여자아이가 고개를 갸웃거리는 포즈는 반칙이다. 게다가 무방비하게 올려다보는 자세로 내 얼굴을 쳐다보는 건 무조건 레드카드야. 제법이군, 삼차원.

이러다간 야~한 생각을 하게 될 것 같다.

나나코 씨의 마음도, 메구의 신뢰도 배신하게 된다.

그러니까 이런 때는 억지로라도 분위기를 바꾸는 수밖에 없다.

"그런데, 말이지!"

"응."

"나나코 씨는, 말이지!"

"으, 응."

"엄청, 그거구나!"

"뭐, 뭐가?"

"미코미를 좋아하는구나!"

"으음…, 좋아하긴 하는데…."

스스로 생각하기에도 절망적인 대화다. 아무 생각도 없이 급발진했다는 게 훤히 보인다. 나나코 씨도 결코 커뮤니케이션 능력이 높은 사람이 아니라서인지 대답할 말을 못 찾고 난처해하고 있다. 민폐를 끼쳐서 면목이 없다.

"앗, 그러고 보니까."

"…뭐, 뭔데?"

"료타 씨의 최애가 누구인지, 아직 못 들은 것 같아."

"…아, 그랬지!"

고마워, 나나코 씨!

퍼펙트&내추럴한 화제 전환. 나는 최대한 포커페이스를 유지하려 노력하며 남몰래 가슴을 쓸어내렸다.

"그 말 듣고 생각해 보니까 의외로 어려운 문제네. 다 귀여우니까."

"응응, 그렇게 되어버려. 나도 엄청 이해해. 나도, 미코미뿐만 아니라 다섯 명 전부 좋아하니까…."

"뭐, 그래도 굳이 한 명을 고른다면."

"고른다면?"

"…안의 사람 보정을 포함해서, 피요…가 되려나?"

"앗, 그래? 료타 씨, 아얏삐 좋아하는구나?"

"…좋아한다고 할까, 소박한 추억이 있거든."

아이돌 마법소녀 피요는 긴 은색 머리카락의 치유계 미

스테리어스걸이다.

오타쿠 용어로 '안의 사람'을 맡은 사람은 유즈키 아야. 모두가 친근함을 담아 '아얏삐'라는 애칭으로 부르는 인기 성우다.

"아얏삐의 성우 데뷔작, 뭔지 알아?"

"하레스타 맞지?"

"…역시 곧바로 대답하는구나."

"에헤헤헤. 이 정도는 상식이지."

나나코 씨가 방긋방긋 웃는다.

상식이라고 잘라 말할 수 있을 만큼 유명한 이야기는 아니지만.

애니메이션 〈할렐루야☆스타〉는 10년쯤 전에 대유행했던 작품이다. 그 영향은 단순한 붐으로 끝나지 않고 일반층에까지 심야 애니를 침투시켜 오타쿠의 대량 증가를 초래했다. 역사의 전환점이라고 할 만한 시기였다.

그리고 이 애니메이션은 아얏삐가 성우로 데뷔한 작품이기도 하다.

거의 출연이 없는 조연이었지만 그래도 캐릭터 송까지 나왔다.

지금 가장 핫한 인기 성우의 데뷔작이 10년 전의 메가 히트작. 흥미로운 에피소드라고 생각하지만 사실 이 이야기를 아는 사람은 오타쿠중에서도 일부에 불과하다.

"이거 상식 문제가 아니라 함정 문제였는데."

"그러게. 아얏삐의 데뷔작이 아이돌 파이브라고 생각하는 사람, 꽤 많으니까."

"확실히 유즈키 아야라는 명의로 처음 일한 작품은 아이돌 파이브니까 틀리진 않았지만."

"아역 출신이지, 아얏삐는. 예전에는 본명으로 활동했고…."

"…야마자키 아야."

"맞아맞아! 료타 씨, 대단해! 기억하고 있구나!"

"…하레스타만 잘 알 뿐이야. 아, 뭐, 그냥 그럭저럭 수준이지만. 메인 캐스트가 아닌 성우까지 전부 이름을 외우는 정도는 돼."

거기까지 말하고 나니 저도 모르게 하아아아, 하고 깊은 한숨이 새어나왔다.

"…이유, 듣고 싶어?"

"어? 으, 응."

"시즈오카의 방송국은 애니 같은 건 틀어주지 않고, 본가 인터넷 회선도 무지막지하게 느려서 프라임 비디오도 볼 수도 없었거든. 그래서 하레스타 DVD를 엔들리스 리피트하는 정도밖에 오락거리가 없었어, 내가 중학교에 다닐 땐."

"우와…. 그, 그랬구나…."

"그때는 진짜로 괴로웠어. 딱 도쿄에서 아이돌 파이브 1기가 시작되고 유즈키 아야가 엄청나게 인기를 얻었을 시기에, 나는 시즈오카 촌구석에서 하레스타를 보면서 야마자키 아야는 어떤 사람일까? 라는 얼빠진 생각을 하고 있었거든."

"시공이, 뒤틀려 있어…."

"으음, 아무튼, 그런 이유로 아야삐한테는 개인적인 애착이 있다는 거야."

"네, 잘 알았습니다…."

그리고 나나코 씨는 문득 뭔가가 떠오른 표정을 지었다.

"앗, 그럼 애니 본편만 보지 말고 이벤트 영상도 봐볼까? 안의 사람한테 흥미가 있다면, 분명 즐거울 거야."

"오오, 그러게. 그런 것도 있나보네."

"있어있어, 엄청 많아! 라이브 영상도 있고, 웹라디오 아카이브도 있고, 그 외에도 얼마든지 있어!"

"…다 보려면 시간 엄청 걸릴 것 같은데."

"그건, 으음, 그게…, 괘, 괜찮아! 내가, 계획을 잘 세울 테니까!"

정말로 괜찮은 걸까.

뭐, 괜찮지 않더라도 딱히 상관은 없지만.

그야 포교활동을 하는 시간은 길면 길수록 좋으니까.

별 생각 없이 스마트폰을 확인했더니 어느새 오후 6시 29분이었다.

"…어라? 메구가 안 오네?"

"앗, 그러게. 어떻게 된 걸까?"

나나코 씨도 나도 이미 가방을 꾸려 귀가할 준비를 마쳤다. 메구가 돌아오는 시간에 맞춰 미리 행동했기 때문이다.

포교활동이 끝나고 나나코 씨와 둘이서 귀가하는 상황은 가급적 피하고 싶다. 그 광경을 누군가에게 목격당했다간 설명하기에 상당히 난처하기 때문이다. 실제로 오타히메에게 거짓 설명을 할 때도 멘탈 소모가 엄청났다.

그러니까, 원칙적으로 우리는 따로따로 귀가한다.

예외라면 메구가 합류해 셋이 함께 귀가하는 패턴. 이거라면 목격당해도 쉽게 설명이 되고, 무엇보다 즐겁다.

하지만 여기에도 문제가 있다.

메구는 우리가 애니를 보는 동안, 미술부 부실에 들어오지 않는다. 몇 번이나 권해 보았지만, 방해하는 건 미안하다는 이유로 거절했다. 그러니 셋이서 돌아가려면 메구에게 '어딘가에서 시간을 보내다가 우리가 만족했을 때쯤에 돌아온다'라는 미안하기 짝이 없는 활동을 부탁하는 수밖에 없었다.

당연히 나나코 씨와 나는 그건 너무 미안해서 안 된다고 말했지만.

메구는 상관없다고 말한다.

결국 반쯤 억지를 밀어붙이는 식으로 메구까지 셋이서 귀가하는 경우가 늘어났다. 역시 매 번까지는 아니지만, 평균을 내면 두 번에 한 번 정도는 되려나.

그래서 오늘도 6시 반에 합류하기로 약속했지만, 지각.

메구는 언제나 집합시간 5분 전에는 오는 타입이니까, 조금 드문 일이다.

{메구 : (학교 건물 스탬프)}

{메구 : 잠깐 교실 들렀다가 갈게.}

"…BINE 메시지가 와 있는데, 15분 전이야."

"아직 교실에 있는 걸까?"

"모르겠어. 일단 메시지를 보내 볼까."

{료타 : 지금 어디야?}

"…읽었다는 표시가 안 뜨네."

이건 더 드문 일인데. 조금 안 좋은 예감이 든다.

뭐, 메구도 AI가 아닌 인간이니 가끔은 그런 일도 있겠지만.

"…교실에 가서 상황을 한번 보고 올까?"

"으, 응. 그러네. 그럼 나도 같이 갈래."

이것도 원래는, 얌전히 미술부 부실에서 기다린다는 선택지도 있었을 텐데.

왠지 모르게 그러는 편이 좋겠다는 기분이 들어 버린다니까.

예를 들면 태풍이 몰아치는 날에 굳이 논이 괜찮은지 보러 나가는 농부 할아버지. 혹은 살인마가 있을지도 모르는 로비에서 하룻밤을 어떻게 보내라는 거야! 난 내 방으로 갈 거야! 라고 말해 버리는 그거, 응, 딱 그거다.

❖ ❖ ❖

2학년 4반 교실 앞.

나는 문을 열려다가 움직임을 딱 멈추었다.

"료타 씨? 왜 그래?"

"…키노모토가 있어."

목소리를 낮추었다.

교실 안에서 메구와 키노모토의 대화가 들려왔다.

교실 밖에서 나나코 씨와 나는 조용히 서로를 마주보았다.

"어떻게 할까?"

"으음, 그게, 어, 어떻게 하지?"

대답이 나오지 않는다.

다음 행동을 정하지 못한다는 건, 다시 말해 아무것도 하지 않고 이 자리에 머무른다는 게 된다.

쓸데없는 생각 하지 않고, 분위기 파악 따위 하지 않고, 드르르르르륵, 하고 문을 열어버리면 좋을지도 모르지만.

어쩐지 그러지 않는 편이 좋을 것 같다는 생각이 들었다.

일단 이유라고 할 만한 게 없진 않다.

데자뷰다.

2주쯤 전에, 나나코 씨와 둘이서 똑같은 상황을 경험했다는 기분이 들어서 그렇다.

'메구, 난 너를 좋아해.'

기억이 되살아난다.

키노모토의 고백 장면.

2학년 4반의 평화에 큰 위기를 초래하고, 메구(와 나)에게 터무니없는 거짓말을 하게 만든, 어떤 의미에선 모든 문제의 원흉.

그 날도 우리는 문 앞에서 결정적인 순간을 목격했다.

그리고 오늘도 또.

"사실은, 메구가 노래 해줬으면 좋겠어."

파란이 막을 올렸다.
"어-, 그런 말 하면 안 돼. 마키마키한테 실례니까."
"그럴지도 모르지만, 그래도 그런 의미가 아니라."
"무리야. 어느 쪽이든."
키노모토의 발언을 메구가 가로막았다.
조용한 말투 속에 명확한 거절의 뜻을 담아.
"솔로 파트라니, 나는 절대로 못 불러. 아니, 안 불러."
나는 고개를 갸웃거렸다.
이거 아무래도 합창대회 이야기 같은데?
솔로 파트를 해줬으면 좋겠다고 말했지?
메구는 노래를 못해서 노래방에서조차 마이크를 들지 않는다. 키노모토가 그걸 모를 리 없을 텐데. 그렇다면 어째서?
다시 한 번 나나코 씨와 눈이 마주쳤다.
나나코 씨도 이상하다는 듯이 고개를 갸웃거렸다.
큰일 났다.
귀엽다.
…아니, 지금은 그런 생각을 할 때가 아니잖아. 그게 아니라 메구와 키노모토의 이야기를,

"료타한테는, 절대로 말하지 마."

"어?"

내 이름이 들렸다.

잠깐 의식이 다른 쪽으로 쏠리는 바람에 그 직전의 대화는 듣지 못했지만, 이미 문맥 따위는 상관없다. 체온이 확 떨어졌다.

내가 없는 장소에서, 리얼충 남자와 리얼충 여자가 내 이야기를 하고 있다.

그 사실만으로도 리얼충이 아닌 나는 1밀리미터도 움직이지 못하게 되어버리는 것이다.

"아-, 아라카와도 모르는구나?"

"응, 몰라. 말 안 했거든."

"사귀는 사이인데도?"

"사귄다고 해서 모든 걸 말해야 한다는 법은 없잖아."

대화 내용이 머리에 들어오지 않는다.

훔쳐듣는 건 좋은 행동이 아니다, 라는 생각을 할 여유조차 없다.

메구가 무슨 소리를 하는 거지?

이해할 수 없다.

이해하기를 본능적으로 부정하는 건지도 모른다.

"아는 사람은 키놋치뿐이야. 키놋치 이외의 사람한테

말하고 싶지 않아."

인간은 두 종류로 분류할 수 있다.

키놋치와 키놋치 이외의 사람.

그리고 나는 키놋치 이외의 사람이다.

무슨 이야기를 하는지는 전혀 모르겠지만, 그 내용을 알아야 하는 인간에 내가 제외되어 있다는 사실만은 확실히 알겠다.

"만약에 말야…."

"응."

"만약에, 내가."

그리고 잠시 뜸을 들이고서.

키노모토가 엄청난 폭탄을 투하했다.

"비밀 지켜줄 테니까, 그 대신에 아라카와랑 헤어지고 나랑 사귀어 줘."

눈을 휘둥그렇게 떴다.

내 귀를 의심했다.

위장이 꽉 조여들고 위산이 역류하기 시작했다.

"…라고 말한다면 어떻게 할래?"

일본인이 즐겨 쓰는, 문장 마지막에 쿠션을 끼워 넣어 부드럽게 마무리하는 수법.

이번만은, 적어도 나에게는 전혀 완충재로 기능하지 않았다.

아무리 에어백이 정상적으로 작동해도, 고속도로를 역주행하는 대형트럭에 경차가 정면충돌한다면 운전자는 백퍼센트 사망이잖아?

아까부터 머릿속은 패닉 상태인 데다, 그래서인지 풀회전하고 있다. 죽는 순간에 주마등이 흐르는 것과 같은 요령으로 시냅스가 마구 튀어, 기억 데이터베이스를 미친듯이 검색한 끝에 나는 어느 단어를 찾아냈다.

사악함.

오타쿠 용어로 말하자면, 구역질 나는 사악함.

단순명쾌한 스토리다. 사교성은 좋지만, 사실은 나쁜 놈인 리얼충 남자가 여주인공을 불러내 협박한다. 에로만화 도입부에 애용되는 전개에 랭킹을 매긴다면 상위에 올라올 듯한, 이를테면 약속된 전개라고 할까.

유형으로 파악하니 사고는 순식간에 정리되었다.

눈앞의 현실을 이해한 기분이 들었다.

키노모토=악역.

이 알기 쉬운 구도.

다음에 내가 어떻게 행동해야 할지, 어렵게 생각할 필요가 없는 캐릭터 배치.

그렇게 생각했다.

그것으로 납득했다.

적어도 다음 한마디를 들을 때까지는.

"…미안."

틀에 박힌 사악한 발언으로부터 몇 초쯤 지나.

키노모토가 사과했다.

"나, 지금 진짜로 재수 없는 소리를 해버렸네. 어떡하지, 내가 생각해도 역겨워. 메구는, …더 기분 나쁘겠지?"

복도에 서서 듣는 나에게 표정이 보이지는 않았다. 보지 않아도 알 수 있을 것 같다. 인간이라면 실실 웃거나 히죽히죽 웃거나 낄낄 웃으면서 이런 톤으로 말할 수는 없을 것이다.

"정말 미안해. 잊어 줄래? 무리일지도 모르겠지만."

"음-, 괜찮아. 나, 기억력이 나쁘니까 아마 잊어버릴 거야."

메구가 담담히 말했다.

화내거나, 슬퍼하거나, 겁내는 등의 부정적인 감정은 조금도 느껴지지 않았다.

키노모토≠악역.

메구≠피해자.

알기 쉬운 구도가 붕괴되어 간다.

이해할 수 없는 현실만이 내가 없는 장소에서 계속된다.

"그러니까 키놋치도 예전 일은 잊어 줘."

"…그럴, 게."

"최악의 경우엔 잊지 않아도 괜찮지만, 누구한테도 말하지 말아 줘. 우리만의 비밀로 해줘. 계속 그렇게 하기로 약속했잖아."

비밀?

약속?

어디선가 들어본 단어가, 내가 없는 장소에서, 내가 모르는 의미로, 내가 아닌 상대에게 똑같이 사용되고 있었다.

'하지만 나한테는 그 방법밖에 떠오르지 않았어.'

2주 전에 들었던 말을 떠올렸다.

'거짓말로 그 자리만 어찌어찌 모면하고 은근슬쩍 평화로운 느낌으로 만든다는 방법밖에 없었거든.'

그녀답지 않게 여유가 없는 표정으로 나에게 말해준, 리얼충 여자의 생존전략.

'내 인생에서 잘 해냈던 건, 그것뿐이니까.'

메구는 살기 위해서 거짓말을 한다.

메구의 속마음을 아는 사람은, …정말로 나인가?

의문과 의념과 의심과 의혹으로, 사고가 뒤죽박죽이 되어간다.

하지만 그런 상황에서도 딱 하나, 유일하게 최우선으로 취해야 하는 행동이 있다.

"…나나코 씨."

"으, 응."

"도망치자."

"어?"

"됐으니까, 빨리."

"아앗, 아, 알았어."

발소리가 나지 않도록 신중하게, 그리고 신속하게.

이번에도 데자뷔를 느끼면서, 우리는 2주 전과 같은 도주경로를 통해 사건 현장에서 이탈했다.

❖ ❖ ❖

"하아, 하아, 하아, 하아."

"헉, 헉, 헉, 헉…."

지하 2층까지 전력으로 뛴 탓에 나나코 씨도 나도 호흡이 턱까지 차 있었다. 아무것도 모르는 학생이 근처를 지나간다면 여러 의미에서 오해할 것 같았다.

확실히 미술부 부실은 리얼충들이 가로채서 러브호텔 대신으로 쓰고 있다는 설정이지만, 일단 오타히메한테도 입막음을 시키고 있으니 괜한 불씨는 만들고 싶지 않았다. 그보다 지금은 그런 걸 신경 쓸 때가 아니다.

"…안 들켰겠지?"

"아, 아마도…."

들어선 안 되는 이야기를 들어버렸다.

일단은 그 죄책감부터.

그리고 뒤따라 밀려온 건,

"그 둘은, 대체 무슨 관계지?"

의문이라든가,

"키노모토는 대체 뭐 하는 녀석이지?"

의념이라든가,

"어째서 그런 일들까지 아는 거야?"

의심이라든가,

"네가 메구의 남친이라도 되냐?"

의혹이라든가.

마음속에서 어지럽게 소용돌이치는 감정을 무리해서 한마디로 종합한다면,

"…내 입장은, 뭐지?"

소외감.

그렇게 부르면 될까.

내가 있어도 되는 장면이 아니었다는 건 틀림없다. 만약 그 후에 불쾌한 내용의 에로 만화 같은 전개가 펼쳐졌다면 나는 정의의 히어로가 될 수 있는 포지션이었겠지만, 그런 전개가 되지도 않았기 때문에, 즉, 내 존재가치는 제로다.

“으음, 저기, 나…, 제대로 이해를 못 했는데….”

“괜찮아. 나도 이해가 잘 안 가거든.”

“아, 그렇구나….”

그 말만 중얼거리고 나나코 씨는 고개를 숙였다.

대화는 시작하기도 전에 끝나버리고, 두 사람이 호흡하는 소리만 울려 퍼졌다.

“…아니, 거기서 입 다물지 말아 줘.”

“어?”

“나나코 씨, 지금 뭔가 말하려고 했잖아?”

“아, 응…. 으음, 조금, 신경 쓰인 게…. 키노모토는, 메구를 ‘쭉’ 좋아했다는 거지?”

“뭐, 그런 것 같더라.”

“언제부터?”

“응?”

“메구는 옛날 일이라고 말했는데…. 그건 몇 달 전일까?”

“…자세한 사정은, 듣지 못했어.”

아까부터 어렴풋이 깨달은 사실이 있다.

나는, 정말로, 아무것도 모른다.

스스로를 메구의 남친이라고 말하면서도, 키노모토가 빨리 포기해 주면 좋겠다고 생각하면서도, 둘 사이에 어떤 인연이 있는지는 알지 못했다. 알려 하지도 않았다.

아니, 하지만.

나한테도 일단 변명할 여지는 있다.

"…너무 파고드는 것도 좋은 취미는 아니잖아. 기본적으로 메구가 알려준 일 이외에는 일부러 알 필요가 없다고 생각하고."

"그, 그렇지…."

그다지 납득이 안 간다는 표정으로 나나코 씨가 눈을 깔았다.

실은 스스로도 그다지 납득하지 못했다.

지금의 발언은, 분명 겉으로만 하는 소리다.

그게 진심이라면, 정말 아무것도 몰라도 당연하다고 생각한다면, 아까부터 이렇게 동요하는 이유를 설명할 수가 없다.

"하지만 료타 씨는."

나나코 씨가 물었다.

"메구의, 남친이잖아?"

"…그렇지."

"그렇다면, 다른 사람들보다, 메구에 대해서 잘 알아도 괜찮다고 생각해."

"…아니, 그건 나랑 메구가 일반적인 커플일 때나 할 수 있는 소리고…."

횡설수설 같은 대답이었다.

이건 겉으로만 하는 소리인가?

이건 진심인가?

스스로도 구별하지 못한 채로, 제대로 곱씹지도 못하고 뇌리에 떠오른 말을 그대로 출력하고 있다.

"서로 연애감정 같은 건 없으니까 선을 긋는다고 할까, 나설 때랑 안 나설 때를 잘 구분해서 행동하지 않으면 안 되잖아. 메구가 알려주고 싶지 않다면, 그건 내가 알아야 하는 일이 아니야. 알아도 된다고 확실하게 말해 준 일 말고는 모르는 편이 나아. 그런 걸 구분하지 않아도 용서받는 건 방송의 예능 리포터나 소녀 만화에 나오는 꽃미남 정도라고."

그 둘의 공통점은 궁극의 리얼충이라는 것.

그 녀석들은 상대방에게 실례되는 행동을 하면 할수록, 어째서인지 좋은 평가를 얻는다.

내가 보기엔 부조리하지만, 그런 가치관으로 살아가는 인간이 리얼충의 세계에는 잔뜩 있다는 게 되겠지.

"…나는, 그런 게 아니니까."

리얼충이지만 리얼충이 아니다.

그게 지금의 나다.

예-이! 라고 소리치면서 하이파이브를 하는 건 참을 수 있게 되었지만, 실화냐?! 라고 소리치면서 타인의 프라이버시를 아무렇게나 침범하지는 못한다. 그런 수준의 무신

경험은 아마 죽을 때까지 갖지 못할 거다.

"…그러니까, 전부 잊자."

일단 내 안에서 결론이 나왔다.

"우리는 아무것도 못 들었어. 4반 교실엔 가지도 않았어. 계속 부실에서 메구를 기다린 거야. 오케이?"

"어?"

"나나코 씨, 오케이?"

"오, 오, 오케이…."

고개를 크게 끄덕거리는 나나코 씨.

그 모습을 보니 묘하게 미안한 기분이 들었다.

"…왠지 미안. 억지로 동의하게 만든 것 같아서."

"하, 하지만 어쩔 수 없으니까. 응. 나도 메구한테, 아까 대화 들었어! 라고는 절대로 말 못 하니까…."

"…그러게. 절대로 말 못 하지."

진심으로 동의했다.

그보다 공범자끼리는 기본적으로 이해가 일치하는 법이다.

"그럼, 대략 그런 쪽으로, 잘 부탁합니다."

"아, 네…. 부탁, 잘 받았습니다."

비밀.

약속.

표면적인 태도.

혹은 거짓말.

그런 것을 늘리고 싶다는 생각은 조금도 없는데, 유감스럽게도 무거운 짐이 또 하나 늘어나게 되었다.

2장

수요일의 오타히메

———

합창대회까지 남은 기간은 약 3주.

그 사이에 골든위크가 있으니 연습할 수 있는 시간은 생각보다 많지 않다.

물론 이건 즐거움을 위한 학급 대항전일 뿐이다. 우승한다고 상금이나 트로피를 받는 것도 아니다. 열심히 연습할 필요는 손톱만큼도 없을 텐데,

"목표는 우승이다!"

"오~~~~★"

…이렇게 되어버린다니까, 리얼충이란.

홈룸 다음 날.

교실에는 첫 연습다운 상쾌한 공기가 가득했다.

역시 곧바로 아침 연습을 하기엔 준비가 부족했기 때문에 첫 연습은 오늘 점심시간이 되었는데, 이게 정답이었다는 생각은 든다.

아침은 졸리잖아, 안 그래?

상쾌한 기분이 들지 않는다고.

아니라고? 나만 그런 거였어? 평소에도 아침 부활동에 참가하는 녀석들이라면 매일 아침을 상쾌한 기분으로 맞

이할 수 있나?

참고로 4반의 연습을 실질적으로 리드하는 인물은 솔로 파트 담당자이기도 한 키노모토와 마키마키다.

그야말로, 언제나 아침 부활동 연습에 참가하는 사람들이다.

개인적으로는 운동부쪽 인간들의 기세에 끌려다니는 건 좋아하지 않지만, 만약 불만이 있으면 네가 통솔하든가? 라는 말을 듣기라도 한다면, 그건 진짜 무리니까 얌전히 지시에 따르겠습니다. 넵.

"아라카와, 악보 복사해 왔지?"

"아, 응, 여기."

"오-, 대단해-! 고마워!"

"…아, 아냐."

보시다시피 잔심부름도 퍼펙트.

구체적인 지시사항만 있다면 나는 뭐든 할 수 있는 남자니까. 야키소바빵을 사오라고 말한다면 5분 만에 대령할 수 있습죠. 비용도 150엔까지라면 청구하지 않습니다요.

…뭐, 내 빵셔틀 적성에 대해서는 넘어가고.

"그럼 순서대로 나눠줄 테니까 각자 한 장씩 가져가. 전부 네 장이야. 흩어지거나 섞이면 골치 아프니까 클립이나 스테이플러나, 음-, 뭐든 좋으니까 아무튼 잘 관리해야 해! 다들 고등학생이니까!"

이 상쾌한 훈남 스마일에 나는 일종의 공포감을 느끼고 있었다.

내가 키노모토에 대해서 아는 건 많지 않다. 1학년 때는 반이 달랐으니 존재조차 몰랐다. 2학년으로 진급해 같은 반이 되고, 리얼충 그룹에서도 제일 눈에 띄는 사람이라고 인식한 다음부터는 거의 이해가 깊어지지 않았다.

그렇기 때문에, 어제 방과 후.

'비밀 지켜줄 테니까, 그 대신에 아라카와랑 헤어지고 나랑 사귀어 줘.'

살짝 엿보인 의외의 일면이 평소의 이미지와 너무 달라서, 그 갭에 놀라 버렸다.

…아, 이러면 안 되지.

전부 잊겠다고 결정했구나, 그러고 보니까.

우리는 아무것도 듣지 못했다. 4반 교실에는 간 적도 없다. 내내 부실에서 메구를 기다렸다. 오케이?

즉, 갭 따위는 존재하지 않는다.

키노모토는 오늘도 평소의 이미지와 똑같이, 상쾌한, 훈남, 리얼충이다.

"일단 파트부터 나눠야겠네. 전부 4파트?"

"그러게~. 소프라노, 알토, 테너, 베이스!"

"음, 그럼 일단 남녀로 나눈 후에 각자 상의해서 결정할까. 여자 쪽은 마키마키가 맡아줄래?"

"오키★"

내가 혼자 생각에 잠긴 동안에 리더진은 해야 할 일을 착착 진행해간다.

키노모토는 유능하다.

틀림없이 사회적 가치가 나보다 높은 인간이다.

이 세상에 태어나 거의 같은 시간을 살아왔을 텐데 어째서 이렇게 차이가 클까. 어떤 환경에서 자라 어떤 교육을 받고 어떤 식사를 해야지 나는 키노모토가 될 수 있었을까.

"키놋치, 너무 수완 좋은 거 아냐? 어제 홈룸 시간에 곡을 정했는데 벌써 악보까지 준비하다니, 놀라서 웃음밖에 안 나와."

"아, 이건 마키마키가 준비했어. 덕분에 한숨 돌렸지. 오늘부터 곧바로 연습할 수 있으니까."

이렇게 자연스럽게 공적을 넘기거나,

"우승을 노리려면 역시 연습량이 받쳐줘야 하잖아? 가뜩이나 4반은 반주자가 정해지지 않아서 다른 반보다 한참 뒤처진 느낌이 있는데, 그런 만큼 한정된 연습시간을 유효하게 쓰자."

자연스럽게 모두의 모티베이션을 자극하거나.

큰일이다.

멋있잖아.

멀리서 관찰하기만 해도 이 엄청난 훈남 파워에 위축되고 만다.

키노모토는 좋은 리얼충이다. 첫인상은 경박해 보이지만, 목표를 향해 전력질주하는 느낌의, 뭐라고 할까, 정열적인 남자다.

그러니까 자연스럽게 응원하고 싶어진다.

하지만 키노모토를 응원한다는 건,

"료타, 잠깐 괜찮아?"

"…어?"

심박수가 급상승했다.

아마, 지금 긴장이 얼굴에 엄청 드러났을 것이다.

여자가 말을 거는 일이 하루에 한 번 있을까 말까였던 1학년 시절이었다면 이 정도 수상한 거동도 용서받았겠지만.

리얼충 여자의 남친으로서는 너무나 부자연스러운 반응이리라.

"…메구!"

"응, 혹시, 무슨 일 있었어?"

"…아니, 딱히, 아무 일도 없는데."

"흐음-?"

평소의 졸린 듯한 눈빛으로, 이상하다는 듯이 나를 바라보는 리얼충 여자.

어쩌지.

어떤 태도로 메구를 접해야 좋을지 모르겠다.

어제까지는 방침이 명확했을 텐데. 최대한 자연스럽게 커플 행세를 하며 키노모토가 포기하도록 유도한다. 거기에 망설임은 없었을 것이다.

하지만, 나는 지금 조금 망설이고 있다.

미미한 수준이긴 해도 키노모토를 응원해야 하는 게 맞지 않을까, 라는 의견이 생겨났다.

솔직히 합리적인 근거는 전혀 없다. 직감적이고 정서적이고 찰나적이고 비합리적인, 그야말로 뻘생각이다.

키노모토가 마키마키를 좋아하게 될 때까지 남친 행세를 해 달라는 메구의 의뢰는 분명히 앞뒤가 맞는다. 적어도 나는 납득했다. 그 방법이 전체적으로 최적이고, 단기적으로는 문제가 있을지 몰라도 장기적으로는 모두가 행복해질 것이라고.

결정을 내렸다면 망설임은 금물이다.

나는 리얼충이 아니면 안 된다.

으음, 정말로 미안해, 키노모토.

"…그, 그래서, 뭔가, 볼일이라도?"

"아, 응. 나나코가."

"…나나코 씨가?"

"저기, 실은, 료타 씨한테, 부탁할 게 있어."

"앗, 거기에 있었구나."

실례되는 이야기지만, 나나코 씨의 존재를 이제까지 깨닫지 못했다. 메구 뒤에 착 달라붙어서 숨어 있었던 것이다. 키가 작으니까.

"3반 교실까지, 같이, 가주지 않을래?"

"어? 그건 왜?"

"나, 혼자서는, 조금, 불안하니까."

"…아니, 내가 묻고 싶은 건, 그게 아니라."

"오타쿠라가 3반에서 놀고 있으니까 데리고 와 주면 좋겠대."

"…뭐?"

나나코 씨를 대신해 메구가 보충설명을 해주었지만, 유감스럽게도 그것만으로 내 머리 위에 뜬 물음표가 사라지는 일은 없었다.

❖ ❖ ❖

"♪드디어 눈뜬, 동틀 녘의 지평선."

반사반격의 1절 도입부.

3반 교실에서는 3반 학생들이 3반의 곡을 연습하고 있었다.

일부러 언어화할 필요가 있을까? 라는 수준의 당연한 이야기다. 가끔 영어 문제집에서 볼 수 있는 '이 우체통은 빨갛다' 따위의 정체불명의 예문을 방불케 한다.

이런 정체불명의 문장이 긴 예문 사이에 등장한다면, 다음 단락 즈음에서 '하지만 전 세계의 모든 우체통이 빨갛다고 할 수는 없다'나 '어느 나라의 사람들은 태어났을 때부터 우체통은 파란 것이라고 믿고 있다' 같은 문장으로 연결되는 경우가 많다.

이 패턴을 응용한다면 후반 단락이 모르는 단어로 가득해 해석이 안 되어도 문맥으로 의미를 유추할 수 있다.

조금 이야기가 샛길로 빠졌지만, 간단히 정리하자면 이렇게 된다.

밑줄 친 문장을 영작하시오(15점).

하지만 3반 교실에서 3반 발표곡을 연습하는 모든 학생이 3반 학생만이라고는 할 수 없다.

"…있네, 대놓고."

"으, 응, 있네."

나는 어이없어하며, 나나코 씨는 주저하며 중얼거렸다.

"옷? 옷? 오옷? 지금 느낌 엄청 괜찮았지?"

"맞다맞다! 카나메 씨가 가세해준 덕분에 팀 전체의 분위기가 좋아져서 그렇데이!"

"그런가~, 고마워~☆"

오타히메다.

4반 학생인 오타히메가 4반 연습을 땡땡이치고 3반 연습에 합류하고 있다.

…이건 좀, 너무 프리덤한 거 아냐?

마키마키는 오타히메가 없다는 걸 깨닫고, 나나코 씨에게서 그 정보를 듣고는 화를 냈다. 오타히메를 말리지 못한 나나코 씨에게도 비난의 화살이 돌아가, 일단 데리고 오라는 전개가 되었다는 모양이다.

하지만 나나코 씨 단기돌입은 어떻게 생각해도 무모하다. 아무런 성과도 얻지 못했습니다! 라는 결말이 훤히 보인다.

그래서 동원된 사람이 바로 나다. 나나코 씨와 함께 3반에 가서 타깃을 4반으로 데리고 돌아온다. 그것이 나에게 주어진 임무다.

뭐, 사정을 듣고 나니 내가 적임자라는 건 확실히 납득은 갔지만.

…솔직히 죽을 만큼 귀찮다.

OTA단 녀석들과는, 이젠 최대한 마주치는 일 없이 살아가고 싶다.

나나코 씨를 구하기 위해서가 아니었다면, 이런 어처구니없는 임무는 거절했을 게 분명하다.

"으음, 저기, 료타 씨."

"…응."

"미, 미안해. 이런 일을, 부탁해서."

"…아, 아냐, 딱히 사과할 필요 없어."

너무 내키지 않는, 어쩔 수 없는 일이라는 분위기가 너무 겉으로 드러났나? 나나코 씨를 위축시키려는 의도는 없었는데. 반성해야겠다.

그보다 정말로 나한테 사과해야 하는 사람은 오타히메가 아닐까?

좋아, 결정했다.

오타히메한테 사과를 받아내야겠어.

"잠깐 실례~."

개인적인 목표가 정해졌으니, 행동 개시.

3반 아이들에게서 쏟아지는 '잰 뭐지?'라는 시선이 이미 괴롭지만, 마음을 비우고 나아간다.

"뭐고, 료타 씨 아이가."

가장 먼저 반응한 사람은 야기우 씨였다.

"오옷, 나나코 씨까지? 혹시 그거가? 둘 다 이쪽에 참가 희망? 괘안타, 3반은 누구라도 웰컴이데이."

"…아니, 그건 아냐."

"그럼 뭔데?"

"오타…가 아니라 카나메 씨를 4반으로."

"허나 거절한다~☆"

말을 끝마치기도 전에, 봉쇄하듯 거절의 의사표시가 날아왔다. BINE에서 장문 메시지를 보냈더니 답변으로 스탬프 하나 달랑 돌아오는 기분이다.

그보다 어떻게 저렇게 당당할 수가 있지?

"원래 합창대회라는 건 강제참가가 아니라 자유참가 이벤트잖아?"

"맞다맞다."

"즉, 자기 반 연습에 참가할 의무는 없잖아?"

"맞다맞다."

"그리고 추가로 하나만 더 말하자면, 다른 반 연습에 참가해선 안 된다는 룰도 없지!"

"바로 그거데이!"

"그렇다면 나는 반사회적으로 살아갈 테야~☆"

"동틀 녘의 지평선에, 정의를 새기겠다는기라!"

…과연.

오타히메가 묘하게 기세등등한 건 야기우 씨라는 절대적 우군이 함께이기 때문인가.

이건 생각 이상으로 고생하게 될 것 같다.

"…아니, 그래도 그러면 3반에도 민폐가…."

"뭔 소리고? 봐라, 카나메 씨데이? 천사데이? 대환영이지 않겠나?"

"…다들 그렇게 생각해?"

교실을 빙글 둘러보았다.

OTA단과는 관계가 없는 사람들이 이 사태를 어떻게 받아들이고 있는지, 그것을 확인한다.

"따, 딱히 민폐까진…."

"연습을 방해하는 것도 아니니까."

"오히려 제일 의욕 넘치지 않아?"

"그리고 즐거워 보이니까."

"와아~, 다들 고마워~☆"

얼레?

이렇게 호의적이라니?

아니, 그렇게까지 적극적인 환영 무드는 아니고, 오는 사람은 안 막는다는 소극적인 수준이라고 생각하지만, 그렇다고 해도 예상 밖이다.

이렇게 되면 오타히메한테 사과를 받네 마네가 문제가 아니라.

마치 내가 악역이 되어 버린 것 같잖아.

"료타 씨, 이런 생각을 해봤는데…."

"으음, 앗, 넵."

"남한테 민폐를 끼치는지 안 끼치는지, 그것만 생각하다간 인생을 전혀 즐길 수 없지 않을까?"

오타히메가, 갑자기 대단한 명언 같은 소리를 했다.

이건 뭐지?

지금 내가 놓인 상황, 이거 대체 뭐지?

“노래한다면, 즐기는 것 말고는 있을 수 없어☆”

“맞다맞다! 3반은 억수로 좋데이! 나나코 씨도 이적해라마.”

“어? 그, 그건….”

“뭐, 료타 씨도 지금은 리얼충이 되어 버렸지만서도. 언제든지 오타쿠의 늪으로 돌아와도 된데이. 같이 반사반격 부르면서 베른 할짝할짝 하자 이 말이다.”

“남자 둘이서 베른짱 할짝할짝이라니, 너무 반사회적이라 아동 포르노~☆”

“안 된다! 카나메 씨, 제발 그것만은! 철컹철컹으로 경찰서 정모만은 참아달라카이….”

…아아, 그런가.

이해했다.

깨달았다는 게 더 적절한 표현일지도 모르겠다.

이건 오타쿠의, 오타쿠에 의한, 오타쿠를 위한 이야기다.

야기우 씨가 주인공이고, 오타히메가 히로인이고, 내가 악역인 이야기다.

합창대회에서 애니송을 부른다. 다른 반에서 오타쿠 미

소녀를 초대해서 함께 연습한다. 머리에 똥만 찬 리얼충이 나타나 트집을 잡지만, 넵 논파. 오타쿠의 청춘은 최고로 즐겁다.

흔한 이야기잖아.

알기 쉬운 구도잖아.

그럼 이 이야기에서 내가 맡아야 하는 역할이 뭔지 아시겠는지?

…그렇다.

주인공과 히로인한테 패배하는 거다.

❖ ❖ ❖

몇 분 후.

"미안해, 나나코 씨. 나는 아무것도 할 수 없었어."

"료, 료타 씨가, 사과하지 않아도…."

3반 교실에서 나온 우리는 4반 교실로도 돌아가지 않고 어떻게 할지 망설이다가 왠지 모르게 지하 2층으로 도망쳤는데, 아무리 그래도 미술부 부실로 들어가는 건 도피가 지나치다, 라는 수수께끼의 밸런스 감각이 발동하는 바람에 결국 복도 어중간한 자리에 멍하니 서 있었다.

계속 같은 자리를 빙글빙글 걷다 보니 점점 머리도 식어갔다.

아까는 아무 대꾸도 하지 못했지만, 잘 생각해 보니 그건 궤변 아닌가?

"…듣고 보니 확실히 합창대회는 자유참가였어. 그렇게 필사적으로 연습할 필요도 없고, 반대로 목숨 바칠 기세로 연습해도 돼. 조금 엉뚱하지만 다른 반 연습에 참가해도 문제는 전혀 없지."

본 대회에서까지 그쪽에 끼어서 노래를 한다면야 역시 그건 규정 위반이겠지만.

코치나 분위기 띄우는 역할 등으로 다른 반을 응원하는 정도라면 전혀 문제가 없는 행위다.

…그렇다면 오타히메에게는 아무 문제도 없나?

"하지만 합창대회라는 학생회 주최 이벤트였지?"

"으, 응…."

"지금 학생회장은, 누구더라?"

"카나메 씨…."

"말이 안 되네."

"안 될지도…."

나는 조용히 고개를 끄덕이고, 그 후로 땅이 꺼져라, 한숨을 내쉬었다.

"…라고 직접 말할 수 있었다면 좋았을 텐데, 이렇게 도망쳐서 흉이나 보는 게 고작이라니. 아아, 꼴사납네."

"미, 미안해. 이상한 일에 말려들게 해서."

"아니야. 나나코 씨도 오늘 갑자기 이상한 일에 말려든 건 마찬가지잖아."

"어? 저, 저기, 그게, 오늘이 아니라, 어제부터 알고 있었는데."

"응? 무슨 소리야?"

"으음, 실은, 어젯밤에, BINE에 있는 OTA단 단체방에서 그런 얘기가 나왔거든. 이렇게 하기로 대체로 결정되어 있었어. 나도 딱히, 반대는 안 했고."

어떤 대화가 펼쳐졌는지, 왠지 상상할 수 있었다.

나도 3달이라는 짧은 기간이긴 해도 그 그룹에 있었으니까.

나나코 씨의 성격을 빼고 생각해도, 그 상황에서 혼자만 이의를 제기하긴 상당히 힘들었을 것이다.

"그래서 오늘, 나도, 3반으로 올래? 라는 말을 들었어. 카나메 씨가 3반으로 간다면, 나도 같이 가는 게 좋으려나? 라고 생각했는데…."

"…그랬어?"

"응. 그런데, 메구가, 어디 가려고? 연습 시작하는데? 라고 말을 거는 바람에."

"…호오."

"어쩌지, 어쩌지, 하고 이러지도 저러지도 못하다 보니, 어느새 카나메 씨만 혼자 3반 교실로 가 버렸거든."

"…그런 거였구나."

그 후에 마키마키가 오타히메의 부재를 깨닫고, 나나코 씨한테 행방을 묻는다는 전개가 되었다 이거군.

리얼충과 오타쿠 사이에 끼어서, 나나코 씨도 정말로 고생이 많구나.

아니, 나도 남 일처럼 말할 때가 아니지만.

"일단 나나코 씨는 잘못이 없어. 어떻게 할 수도 없었으니까."

"으, 응…."

"그런데 그렇게까지 해서 반사반격을 부르고 싶어 하는 이유가 대체 뭐지?"

"으음, 그건, 역시, …반코네가, 이번 분기의 패권이라서?"

"뭐, 그야 그렇지만."

"그리고, 이번에는 합창대회에서 부른다는 데에 의미가 있다고 생각해. 평범한 '불러보았다' 동영상으로는, 뭐라고 할까, 가치? 임팩트가 약하니까."

"…동영상?"

"어? 아, 그걸 말 안 했구나. 다들 〈합창대회에서 반사반격을 불러보았다〉라는 동영상을 찍고 싶대. 반코네 관련이라면, 지금은 제6돌격대의 여장 코스프레 동영상밖에 없으니까, 다음에는 개그가 아니라 진지한 쪽으로, 라면서."

"…하아, 그건 확실히 조회수가 잘 뽑히기는 하겠네."

그 정열과 행동력만은 순수하게 감탄이 나온다.

뭐라고 할까, 주인공 같다.

OTA단이 걸어온 궤적은 그야말로 오타쿠의, 오타쿠에 의한, 오타쿠를 의한 이야기다.

만약 내가 오타쿠였다면 이 이야기에 완전히 심취했을 테고, 실제로도 내가 오타쿠라고 믿어 의심치 않던 시절, OTA단 소속이던 시절에는 주인공 팀의 일원이 된 기분이었다.

하지만 지금은 다르다.

나는 오타쿠가 아니다.

이 주인공에게는 공감할 수 없다.

그야 OTA단은, 야기우 씨는,

"1년 전에는 다들 돌파이버였는데 말야."

갑자기 그리운 기분이 고개를 쳐들었다.

고등학생에게 12개월 전, 오타쿠에게 4쿨 전은 머나먼 태고의 기억이다.

"만약 아이돌 파이브가 이번 분기의 패권이었다면, 아이돌 파이브의 곡을 합창대회에서 '불러보았다'겠네."

즉, 무슨 소리를 하고 싶은 거냐면.

"결국, 다들 그 애니가 아니라 이번 분기의 패권을 좋아하는 거야."

나는 그게 마음에 들지 않는다.

이야기의 주인공은 일편단심이었으면 좋겠다.

오타쿠가 리얼충을 깨갱 하게 만드는 스토리 자체는 딱히 싫어하지 않는다…기보단 꽤 좋아한다. 주인공한테 자신을 투영해서 카타르시스를 느끼거든. 난 오타쿠가 아니지만.

하지만 OTA단의 이야기는, 야기우 씨의 이야기는 조금 다르다. 조금도 감동을 받을 것 같지 않다.

예를 들어 만약 내가 주인공이었다면.

합창대회에서 부를 곡으로, 뭘 고를까?

"료타 씨는, 흔들리지 않는 사람이니까."

"…그런, 가?"

"응. 으음, 그야 아얏삐를, 10년이나 응원했잖아?"

"…그러게."

아아, 기억났다.

유즈키 아야가 야마자키 아야 명의로 낸 유일한 곡, 하레스타의 캐릭터송.

이미 전 세계를 통틀어 기억하는 사람은 10명 정도밖에 없을 거라는 생각이 들지만.

그런 곡을 30명 이상인 학급 인원으로 합창할 수 있다면.
내가 주인공이었다면 아마 참지 못하고 눈물을 흘렸을 테고, 단순한 시청자였더라도 역시 참지 못하고 울었을 것이다.
…라는 망상을 펼치면서.
한편으로는 차분하게 나나코 씨의 과대평가를 정정한다.
"뭐, 어차피 10년 내내 응원했던 건 아니야. 어차피 우리는 리얼타임으로 하레스타를 본 세대도 아니고."
도쿄에서 태어나 심야 애니를 보며 자란 오타쿠라면 7살 때부터 보기 시작해 10년 동안 좋아했습니다, 라는 가능성도 완전히 없진 않겠지만. 나는 원래 시즈오카 현민이었기 때문에 안타깝게도 그런 엘리트 코스를 밟을 가능성은 전무했다.
"DVD, …블루레이가 아니라 DVD야. 우연히 그 원반을 입수해서 무한재생했을 뿐이야. 그런 내가 고참 오타쿠 행세를 하면서 잘난 척하는 것도, 뭐랄까, 조금 아닌 것 같아."
"그, 그렇구나…."
"그리고 중학교 시절의 나는 완전히 정보 약자였으니까. 야마자키 아야가 은퇴했다는 건 알았지만 유즈키 아야와 동일인물이라는 건 도쿄에 온 후에야 깨달았어."
"앗, 그런 거였어?"

"응. 그러니까 실질적인 응원 기간은 1년 조금 넘는 정도밖에 안 돼."

10년 내내, 일편단심으로 좋아했어.

그렇게 가슴을 펴고 말할 수 있다면 내 인생은 조금 더 행복했을 거라고 생각한다. 그렇기 때문에 오타쿠라는 삶의 방식을 동경했던 거니까.

"뭐, 그래도 기뻤던 건 사실이야. 하레스타의 야마자키 아야가 아이돌 파이브의 유즈키 아야와 동일인물이라는 사실을 깨달았을 때는. 다시는 그 목소리를 못 들을 거라고 생각했거든."

"어? 그, 그래?"

"아, 그야 연예계에서 은퇴한 게 8년 전이었나? 그리고 복귀가, 으음, 3년 전? 5년이나 소식이 없으면 보통은 복귀할 생각이 없나보구나, 라고 생각하잖아?"

"흐, 흐음~…."

나나코 씨의 거동이 영 수상하다.

이유는 모르겠지만 묘하게 즐거워 보이고, 웃음을 억지로 참는 것처럼 보이기도 한다.

"…왜 그래?"

"아, 아냐. 후훗, 으음, 저기, 말이지?"

눈을 반짝거리며, 나나코 씨가 들뜬 목소리로 말했다.

"5년 동안, 아얏삐가 뭘 했는지, 료타 씨, 혹시 알아?"

"…아니, 모르는데. 뭐, 대충 '학업에 전념' 같은 거 아냐?"

"표면적인 이유는 확실히 그런 거였지만, 실은 속사정이 있었거든."

"…뭐? 에이, 설마."

"에헤헤헤."

의미심장한 웃음.

근질근질, 이라는 효과음에 딱 맞는 분위기로 나나코 씨는 몸을 부르르 떨었다.

"다음 포교활동에서, 알려줄까? 아얏삐의 극비 정보."

"…으, 응."

나는 멍하니 나나코 씨의 웃는 얼굴을 바라보는 수밖에 없었다.

나나코 씨의 엄청난 정보력은 나에게만은 정평이 나 있다. 아이돌 파이브의 나이트메어 문자를 세계 최초로 해독했다는 에피소드가 너무 강렬했다.

게다가 이 반응으로 짐작하자면.

그런 건 알고 싶지 않았어! 라고 나를 절망시키는 부류의 정보는 아닌 듯하다.

즉, 이건 분명히 기대할 만하다.

"…그런데 지금 여기서 알려줄 수는 없어?"

"으음, 나도 엄청, 그러고 싶긴 하지만."

딩동댕동.

"어?"

"앗!"

예비종이 울렸다.

허둥지둥 스마트폰으로 시각을 확인했다.

그리고 우리 둘의 얼굴에서 핏기가 가셨다.

3반 교실에서 나온 후로 어느새 시간이 한참 지났다.

"그러고 보니, 우리는 연습을 땡땡이치는 녀석을 데리러 갔던 거였지?"

"으, 응."

"결과적으로 그렇게 되었을 뿐이지만, 혹시, …우리도 연습을 땡땡이쳐버린 걸까?"

"그럴지도…."

최악이야.

미션은 클리어하지 못하고, 앞으로도 같은 문제가 발생한다는 건 확실한 데다 마땅히 떠오르는 대책도 없다. 아무것도 해결하지 못한 주제에 시간만 잔뜩 낭비했다.

"일단, 둘이서 마키마키한테 사과할까?"

"그래야겠어…."

아마 나도 나나코 씨와 맞먹을 정도로 심하게 소모되었다.

결국 파견대가 한 명에서 두 명으로 느는 정도로 "아무

성과도 얻지 못했습니다!"라는 결말을 바꿀 수는 없었다.

❖ ❖ ❖

수요일 6교시는 체육이다.

5교시가 끝나고 남자는 운동장, 여자는 체육관으로 이동했다.

시즈오카의 중학교에서 도쿄의 고등학교로 진학해서 받은 다양한 컬처쇼크 중에, 운동장의 차이는 비교적 상위권이라고 말할 수 있다.

고무 같은 소재가 깔려 있거나, 담장 바로 너머에 고층 빌딩이 있거나, 그리고 무엇보다 좁은 면적. 야구부와 축구부가 동시에 연습할 수가 없으니까 각자 부활동은 주 2회씩, 이라는 식으로 운용되는 수준이다.

거기에 비하면 작은 충격이지만, 체육 수업 관련으로 놀란 게 몇 가지 더 있다.

예를 들어 다른 반과 합동 수업을 한다는 점이다.

같은 학년의 옆 반, 즉 1반은 2반이랑, 3반은 4반이랑 같이 수업한다는 식이다.

점심시간 때의 분위기를 보면, 지금쯤 체육관에서는 오타히메가 3반 아이들과 사이좋게 수업을 받고 있지 않을까.

그리고 또 하나. 츠쿠모 학원에는 학교 지정 체육복이 존재하지 않는다.

움직이기에 편하기만 하다면, 복장은 자유!

뭘 입어도 상관없으니 스스로 판단할 것!

…그런 말을 들어봐야 솔직히 곤란하기만 하다.

일단 상의는 적당한 티셔츠에 하의는 삼선 트레이닝복이라는 무난한 차림으로 무마하고는 있지만.

리얼충 남자는 운동복에도 세련미가 흘러나왔다. 특히 축구부 녀석들은 스페인? 영국? 뭐, 아무튼 유럽 팀의 레플리카 유니폼을 입는 게 보통인 듯하다. 참고로 J리그 유니폼은 목격한 적이 없다.

그럼 오타쿠 남자는?

"으엑…."

"우와, 쩐다!"

"아, 진짜 왜 저래 ㅋㅋㅋ"

지금 운동장에 있는 모두의 시선을 독차지한 남자가 있다.

"잘 부탁한데이~."

야기우 씨였다.

베른의 얼굴이 프린트된 오타쿠 T셔츠.

제6돌격대의 로고 마크가 들어간 오타쿠 반바지.

전신 반코네 사양이다. 만약 아키하바라에서 목격하더

라도 저도 모르게 시선이 고정될 듯한, 기합 빡 들어간 스타일이다. 학교 운동장에서라면, 세 번, 네 번 쳐다보는 건 당연하다.

"♪드디어 눈뜬, 동틀 녘의 지평선."

"노래까지 하네 ㅋㅋㅋ"

"게다가 쓸데없이 잘 불러 ㅋㅋㅋ"

"헤이~, 헤이~, 헤이헤이헤이헤이!"

야기우 씨를 중심으로 반경 5미터는 침팬지 무리처럼 시끄럽게 떠들어대고 있다.

물론 나는 그 무리 밖에 있다. 4반 남자 대부분과 마찬가지로 어이가 없어 멍한 표정을 짓고 있었다.

"저게 뭐야?"

"3반 합창곡이래."

"아하~, 오케오케."

그런 대화가 들렸다. OTA단이 언제나 이상한 활동만 해서인지 너무 쉽게 납득해 버린다. 조금은 더 의문스럽게 여겨도 되지 않을까?

"…하아."

한숨을 쉬었다.

생각해 보니 야기우 씨는 전혀 문제 될 만한 행동을 하지 않았다.

움직이기 쉬운 복장이라면, 각자의 판단으로 뭘 입어도

자유니까.

수업만 진지하게 듣는다면 누구에게도 피해를 주지 않으니까.

'남한테 민폐를 끼치는지 안 끼치는지, 그것만 생각하다간 인생을 전혀 즐길 수 없지 않을까?'

오타히메가 명언이라도 되는 양 했던 그 말이 머릿속에서 되살아났다.

그것만 들으면 마치 정론 같아서, 진짜로, 마음속 깊은 곳에서부터 울분이 끓어오른다.

"고생했어, 아라카와."

키노모토가 말을 걸었다.

어깨를 탁 두드리는 리얼충 남자 특유의 스킨십을 하면서.

"마키마키한테 들었어. 오타쿠라를 데리러 가봤지만 거부당했다면서?"

"…앗, 아아, 네, 맞습니다. 면목이 없습니다."

"에이, 괜찮아. 어쩔 수 없잖아. 3반 연습도 아마 저런 분위기였겠지? 저기서 사람을 끌고 나온다는 게 쉬운 일이 아니니까."

"…그렇게 말해 줘서 안심했어."

빈말이 아니라, 정말로 고마운 한마디다.

임무를 완수하지 못했다는 죄책감과 비슷한 감정이 꽤 가벼워졌다는 기분이 든다.

"어렵네-, 합창대회라는 건."

키노모토가 작게 내뱉었다.

훈남들이 애용하는, 한손으로 빼근한 목을 감싸는 포즈로.

"하고 싶은 사람도 있고 하기 싫은 사람도 있는 법이잖아? 그리고 하기 싫어하는 사람도 제각기 생각하는 게 달라서, 오타쿠라처럼 '이 곡이 하고 싶었어!'라는 사람도 있으니까. 어려워, 진짜로."

뭐랄까, 그건 고뇌하는 리더의 옆모습이었다.

비유하자면, 수수께끼의 적이 침공해 인류는 멸망할 위기에 몰렸고, 수수께끼의 장갑 때문에 자위대의 공격은 씨알도 안 먹히고, 수수께끼의 기술 덕분에 유효타는 줄 수 있게 되었지만, 수수께끼의 제약으로 인해 여자아이가 싸우지 않으면 안 되는 애니에서, 수수께끼의 조직을 통솔하는 리더의 옆모습.

즉, 주인공이다.

그렇다, 역시 키노모토는 주인공답다.

그렇다면 평범하게 생각해서 오타히메랑 야기우 씨가 악역이겠지? 나는 조연에 불과하긴 하겠지만, 그래도 악역은 아니겠지?

오케이. 더욱 마음이 가벼워졌다.

나는 전혀 잘못한 게 없고, 내 행동은 전부 옳았고, 나와 세상이 대립하고 있다면 나쁜 건 세상이다. 그런 심경이다.

"뭐랄까, 조금 미안한 기분도 들고 그러네."

"…뭐가?"

"4반의 곡, Holy Night Queen으로 해 버렸잖아."

"…뭐 어때. 다수결로 결정한 건데."

"그렇긴 하지만–. 오타쿠라가 3반 발표곡을 그렇게까지 좋아할 거라고는 생각 못 했거든."

"…그 곡을 진심으로 좋아하는가 아닌가, 라는 문제랑은 조금 다를 것 같지만."

"어, 어째서?"

"…아니, 그야."

설명하려다가 문득 말문이 막혔다.

키노모토를 납득시키려면 어디부터 설명을 해야 할까.

이거, 의외로 어려운 문제거든?

'결국, 다들 그 애니가 아니라 이번 분기의 패권을 좋아하는 거야.'

즉, 내가 하고 싶은 말은 이거다.

나나코 씨한테는 이 말만으로 전부 전해졌지만.

상대는 키노모토니까.

그림으로 그린 듯한 리얼충 남자니까.

반사반격이 애니송이라는 것 정도는 파악하고 있겠지만, 패권이라는 개념도 반코네라는 작품도 전혀 모르겠지.

그래서 제대로 설명하기 위해선 상당한 화술과 구성력이 요구된다. 심야 방송에서 보조MC석에 앉은 개그맨들이 '우린 반코네 오타쿠 개그맨이에요!'라고 자기소개한 후에 프레젠테이션을 시작하듯.

게다가 문제는 그것만이 아니다.

나는 리얼충이다.

그림으로 그린 듯한 리얼충 남자(라는 설정)다.

적어도 키노모토만은 그렇게 믿어주지 않으면 곤란하다.

이 녀석 전혀 리얼충답지 않은데? 라든가 메구의 남친으로는 어울리지 않는데? 같은 의문을 품게 해서는 안 된다.

그러니까 반코네 오타쿠 개그맨입니다! 라는 태도도 위험하다. 그 방송은 철저하게 오타쿠VS리얼충의 구도였고 열심히 말하면 말할수록 오타쿠쪽 인간처럼 보이게 된다. 자신을 리얼충쪽 인간처럼 보이고 싶으면 아무 말 하지 않게 싸늘하게 웃는 게 정답이다.

그러는 김에 한마디 더 하자면.

애초에 OTA단에 대해서 말하는 것 자체가 나에게는 약간 고통스럽다.

사정이 있어서 OTA단을 그만둔 몸이니까, OTA단과 같은 부류라고 생각되고 싶지 않다.

하지만 그 마음을 너무 진하게 담으면 분명 말이 날카로워진다.

최악의 경우, 어째서인지 오타히메가 동정표를 얻고 내가 나쁜 놈 취급 받는 결말이 기다리고 있을 수도 있다. 그건 너무 비참하잖아. 리얼충이 어쩌고 오타쿠가 어쩌고 이전의 문제다.

조건을 정리하자.

일단 나는 키노모토가 자신을 탓하지 않았으면 좋겠다.

그러니 오타히메의 행동에 정당성이 없다는 걸 이해시키고 싶다.

하지만 OTA단의 활동 방침이나 과거의 안 좋은 이야기 같은 건 묻어두는 편이 좋다.

어디까지나 리얼충다움을 염두에 두고서.

그…, 뭐랄까, 예~~~이! 라는 느낌으로.

"아라카와, 왜 그래?"

"…아아, 그게, 으음."

이미 대화가 5초나 끊어졌다.

리얼충의 세계에서 대화란 1초 1초가 진검승부다. 이 이상의 유예는 허용되지 않는다.

"…예를 들면, 말야."

적당한 추임새를 끼워 넣어 시간을 벌면서 다음에 이어질 말을 필사적으로 찾고 있자니,

'남자의 짝사랑이란 건 3달 정도밖에 유지되지 않는 것 같거든.'

문득 떠올렸다.

2주 전쯤에, 메구가 그런 말을 했다는 사실을.

그리고 떠올렸다.

지금 이 상황에서 가장 적절한 설명 방법을.

오타쿠가 3달마다 신부를 갈아치우는 것처럼, 리얼충도 3달마다 여친을 바꾼다.

패권이라는 개념을 모르는 리얼충 남자에겐, 반경 3미터 이내의 연애 문제로 바꿔 말해주는 편이 이해가 빠를 것 같다.

아아, 그래, 그렇게 하자.

밑줄 친 부분을 리얼충의 언어로 번역하시오(15점).

야기우 씨, 이번 분기의 최애는 누구입니까?

"키노모토, 지금 누구 좋아하는 사람 있어?"

5초 후, 위화감을 깨달았다.

5초 동안 키노모토가 아무 말 하지 않았다.

눈을 살짝 크게 뜨고, 조금 화가 난 듯한 분위기로 조용

히 내 얼굴을 바라보고만 있었다.

무슨 일이 일어났는지 이해하지 못했다.

무슨 말을 했는지 이해하지 않고 있었다.

응?

자, 잠깐만?

키노모토가 좋아하는 사람? 그야 메구잖아?

설정상 메구의 남친은? 나네?

"…앗."

으아아아아악?!

우와아아아아아아아아아앗?!?!?!?!

지금, 이해했다!!

내 해답은 0점, 아니, 마이너스 100점이다. 문맥을 무시한 직역이, 우연히도, 두려우리만치 부적절한 표현이 되어버리고 말았다.

아니야. 그런 생각으로 한 말이 아니었다. 키노모토를 도발하거나 상처를 줄 의도는 없었다. 오히려 그 반대다. 응원하려는 마음으로 나 나름대로 이것저것 생각하다가 성대하게 자폭해 버렸을 뿐이야. 그러니까, 내가 하고 싶은 말이 뭐냐면, 나는 나쁘지 않아.

"…가 아니라!"

일단 크게 소리를 내봤다.

주어도 목적어도 분명하지 않은 상태에서 뭔가를 부정

한다.

나는, 다음으로, 무슨 말을 해야 하지? 사과하는 편이 좋은가? 아니, 사과하는 건 부자연스러운가? 만약 사과한다면 그건 무엇에 대한 사과일까? 답을 뻔히 알면서도 '좋아하는 사람 있음? ㅠㅠㅠ 누군데? ㅠㅠㅠ'라고 도발하듯 질문한 일? 근데 나는 키노모토가 메구한테 고백했다는 사실을 안다는 설정이었던가?

너무 많은 생각을 생각해서, 무슨 말로 말해야 할까, 두통이 아프다…?

방금 전 질문에 도달하기까지의 사고 프로세스를 재점검해 보니, 그 지리멸렬함에 내가 제정신이었는지 의심하게 된다. 하지만 심신상실에 의한 감형은 인정되지 않는다. 이상한 질문을 한 내가 전면적으로 나쁘니까, 이런 극악무도한 인간은 사형대로 직행하는 게 마땅하겠다.

다시 악역으로 변한 내가 후회하고 고뇌하고, 괴로워하고 있자니,

"있어."

키노모토는 짧고 상쾌하게, 그리고 남자답게 대답했다.

"…어?"

뇌가 정지되었다.

직전까지만 해도 뻘생각을 그렇게 줄줄 뽑아내고 있었는데.

멍한 표정의 나에게, 키노모토는 다시 예상치 못한 발언을 날렸다.

"초등학생 시절부터, 내내 좋아해 온 사람이 있어."

진지한 시선.

단정한 얼굴.

그건 마치 소녀만화의 한 장면 같았다.

잘생긴 리얼충 남자가 진지한 표정으로 내놓는 결정적인 한 마디. 큼지막한 컷에 구도는 바스트업, 아마 배경은 새하얗겠지. 내 시선과 마찬가지로 그 외엔 아무것도 보이지 않는다.

"…얼마 전에 차였지만."

이번에는 부드럽게 웃으며 이렇게 말했다.

아아, 그렇다.

나는 키노모토에 대해 아무것도 알지 못한다.

메구한테서 들은 정보로 어렴풋한 이미지를 형성하고 있을 뿐이다.

타인과 커뮤니케이션을 거듭하며 그 사람에 대해 점점 깊이 이해해나간다, 라는 능력이 나에게는 결여되어 있었다. 예~~~이! 라고 외치며 하이파이브를 해봐야 거기서 어떠한 정보도 끌어내지 못한다. 필연적으로 판단재료는 메구에게 의존하게 된다.

다시 떠올려 보자.

메구가 나에게 3달만 사귀어 달라고 부탁한 근거가 뭐였지?

'남자의 짝사랑이란 건 3달 정도밖에 유지되지 않는 것 같거든.'

…거짓말이야.

대전제가 무너져 버렸다.

키노모토가 하는 말이 진실이라면, 5년? 6년? 어쩌면 그 이상? 아무튼 엄청난 일편단심이라 응원하고 싶은 마음이 마구 샘솟잖아.

조금 먼 곳에서 야기우 씨의 쓸데없이 큰 목소리가 들려왔다.

"내가 베른을 최애로 정한 건, 역시 안의 사람 때문이데이."

"글타. 아얏삐는 참말로 헉 소리 나올 정도로 귀여우니까."

"니 인마~! 내를 단순한 얼빠 취급하면 곤란하데이? 내는 말이야~, 연기력까지 다 보고 정한기라. 글고 무엇보다 처녀막에서 목소리가 나온단 말이다."

"아얏삐는 말이다, 내가 키운 거나 마찬가지데이. 내가

~, 작년 이맘때쯤! 우홋? 얘는 확실하데이! 라고 주목했으니께.”

“…그거다. 이름을 말해뿔면 안 되는 바로 그 애니에서… 읍읍.”

“유즈키 아야라는 톱 성우의 데뷔작이 되뿌는 바람에 앞으로도 영원히 박제당할 테니께, 그 아이돌 어쩌고란 작품도 비참하구마.”

좋아한다는 말의 얄팍함.

짜증이 날 정도로 잘난 척하는 태도.

하나 지적하자면 아얏삐의 데뷔작은 하레스타라고. 야마자키 아야라는 이름을 썼지만.

“야빠는 다 저런가(웃음).”

야기우 씨의 저런 면은 도저히 공감을 못 하겠다.

이야기의 주인공은 일편단심이었으면 좋겠다.

그런 마음이 있었기에, 나는 야기우 씨의 이야기에 말려들어가지 않고 거부할 수 있었다. 내가 악역인 듯하다는 착각을 떨쳐낼 수 있었다.

그럼 이번에는 주인공이 키노모토라고 가정하고.

여기서 내가 해야 하는 역할은 무엇인가? 어떤 행동을 하고, 어떤 결말을 맞이해야 전체적으로 최적의 효과가 나지?

…어렴풋이 답은 보인다.

적어도 어제까지의 확신은 흔들리고 있다.

내가 메구의 남친을 연기하며 키노모토와 마키마키가 사귀는 데에 일조한다는 건, 어쩌면 최적의 답이 아닐지도 모른다.

❖ ❖ ❖

6교시가 끝나고, 짧은 홈룸 시간이 끝나고, 방과 후 합창 연습이 끝났다.

어느새 다 끝나 있었다.

흐릿하게 기억하는 건 오타히메는 오늘도 4반 연습에 불참했고 이번에는 마키마키도 포기 모드였다는 것과, 여전히 반주자가 정해지지 않아서 반장이 난처해했다는 것 정도일까.

아, 그리고 키노모토한테 해트트릭을 먹었다는 것도 있다.

그리고 골키퍼는 가위바위보에서 진 나였다.

축구부 인간들은 체육 수업에서도 진지하게 뛰어다니니까 무섭다. 그런 속도의 무회전 미들슛을 일반인인 내가 어떻게 막냐고! 살해당하는 줄 알았다고!

…일단 키노모토의 분위기는 평소와 다르지 않았다.

골을 넣고 나면 다른 리얼충 남자들과 하이파이브를 했

고, 운동복에서 교복으로 갈아입는 동안에도 다른 리얼충 남자들과 즐겁게 떠들었고, 합창 연습에서는 파트 리더나 다름없는 역할로 다른 리얼충 남자들과 함께 열의를 발휘했다.

정말로, 평소와 똑같았다.

아마, 평소와 똑같지 않은 사람은 나뿐이다.

"아-, 미안. BINE 답장 좀 할게."

"…응, 괜찮아."

나와 메구는 공원 벤치에 앉아 있다.

자연스러운 커플을 연기하기 위해 주 3회 정도는 방과 후 데이트를 하게 되었지만, 나는 이성과 데이트해본 경험이 전혀 없다. 애니나 게임에서 얻은 지식이 조금은 있지만, 그걸로 리얼충 여자를 에스코트하는 건 조금 겁이 난다. 그래서 결국 매번 안전한 이곳을 선택하게 된다.

그렇다고는 해도 벌써 2주나 되었다. 횟수로는 5번? 6번? 어쩌면 그 이상? 역시 이건 너무 원패턴이다. 이런 부분에서 거짓말 같은 부분이라고 할까, 부자연스러움이 배어나오는 것 같다.

"…어디 다른 곳, 가 볼래?"

"응? 어디?"

"…공원이 아닌 다른 곳."

"아-, 그러네."

여전히 스마트폰 화면을 바라보며 메구가 작게 고개를 끄덕였다.

"나는 딱히, 여기여도 괜찮은데?"

"…아니, 뭐, 나도, 싫어하지는 않지만."

"그래도…, 확실히 그렇기는 하네. 모처럼 여기저기 가 볼까."

스마트폰 화면을 잠그고 메구는 내 쪽으로 몸을 돌렸다.

내가 무슨 생각으로 이런 말을 꺼냈는지, 이미 대충 파악한 낌새였다.

"지금부터?"

"…으음, 아니, 일요일이라든가?"

"알았어. 그럼 일요일."

"…응, 잘 부탁해."

담담히, 그리고 조용히 주말 스케줄이 채워진다.

몇 주 전의 나였다면 상상조차 하기 힘든 리얼충 이벤트인데, 분명 그런데도 조금도 기분이 업되지 않는다. 저공비행을 계속하고 있다.

"…그런데 가고 싶은 장소, 있어?"

"응? 난 어디든 상관없는데?"

자, 나왔습니다.

어디든 좋다(하지만 만족한다는 보장은 없다).

고금동서 2차원 3차원을 막론하고 수많은 남자들을 괴롭힌 난제다.

"…그럼 반대로 가고 싶지 않은 장소는?"

"음-, 글쎄? 노래방이라든가?"

"…노래방?"

"아, 그야 난 노래 잘 못하니까."

"…아아, 응, 그렇구나."

순간적으로 납득할 뻔했다.하지만 다음 순간에 기묘한 위화감을 느꼈다.

뭔가를 잊었다는 기분이 든다. 중요한 힌트를 놓치고 있다는 기분이 든다.

"그런데 그 얘기 듣고 떠올랐어."

메구가 화제를 바꾸었다.

"키놋치랑 마키마키가 오늘 노래방에 간대. 솔로 파트 연습한다더라."

위화감의 정체를 검증할 여유도 없이, 시곗바늘은 쉼없이 돌아간다.

"뭐랄까, 시간 문제라는 분위기였어."

"…어? 뭐가?"

"그러니까, 키놋치랑 마키마키가 사귀는 건 시간문제 아닐까? 합창대회까지 둘이서 할 일이 이래저래 있을 테니까."

"…아니, 으음."

어째 생각이 제대로 정리되지 않는다.

그러니 깊은 생각 끝에 나온 발언은 아니다.

내 입에서 나온 건 심플하기 그지없는 의문이었다.

"…정말로 그렇게 생각해?"

그만 됐다.

아무것도 못 들은 걸로 한다니, 나 같은 단세포에게는 처음부터 무리였다.

"3달이면 키노모토가 포기할 거라고, 여름방학까지는 마키마키랑 사귈 거라고, 정말로 그렇게 생각해?"

"료타? 갑자기 왜 그래?"

"…메구한테 묻고 싶은 게 있어."

질문하기 전부터 답은 알고 있다.

그러니까 이건, 단순한 확인 절차다.

"키노모토는…, 언제부터 메구를 좋아했던 거야?"

스스로도 알고 있다.

내 태도에는 일관성이 없다.

어제는 나나코 씨한테 필요 이상으로 파고들지 않는다고 선언해 놓고서, 지금은 이렇게 스트레이트한 질문을 던지고 있다.

어째서 이제까지 이 의문을 품지 않았던 걸까.

생각하고 싶지 않지만, 메구가 나를 그렇게 조종해 왔던 걸지도 모른다.

'지금, 나 이외엔 생각할 필요 없지 않아?'

'료타는 내 남친이거든?'

손바닥 위에서 놀아나고 있다는 자각은 하고 있었다. 그래도 나쁘지 않다고 생각했고, 그건 그것대로 대단히 기분 좋았기 때문에 내 머리로 생각하기를 포기하고 있었다.

하지만, 지금.

큰 거짓말이 드러나 버린 지금.

나는 생각해야만 한다. 확실하게 답을 내야만 한다.

이 거짓놀음에 대체 무슨 의미가 있는지.

"혹시 키놋치한테 이상한 소리 들었어?"

"…들었어."

"어떤 거?"

"초등학생 때부터 좋아한 사람이 있다고…."

"아−, 그렇구나. 그런 식으로 말했구나."

어딘지 납득이 간다는 표정으로, 메구는 작게 고개를 끄덕였다.

"실은 조금 전에 키놋치가 BINE으로 사과했거든. 체육 수업 때 료타한테 쓸데없는 소리를 했다고."

"…쓸데없는 소리?"

"아, 이상한 의미는 아니야. 하지만 그런 식으로 말하면 어떤 식으로든 오해하게 되니까."

"그럼 오해하지 않도록 제대로 설명해 줘."

말투에 자연스럽게 힘이 들어갔다.

나는 지금 화를 내고 있는지도 모른다.

"료타가 화내는 얼굴, 처음 봐."

메구가 안타까운 표정으로 중얼거렸다.

"미안해. 제대로 설명할 테니까 일단 진정해 줘."

"…아, 응."

"일단 처음부터 말하자면, 예전에 키놋치랑 몇 번 만난 적이 있기는 해. 둘 다 초등학생이던 시절에."

"…같은 초등학교를 다녔거나 근처에 살았던 게 아니라?"

"아-, 응. 그런 건 아니고, 부모끼리의 친분? 비슷한 거야. 그래서 정기적으로 만나지도 않았고, 핸드폰으로 직접 연락하는 사이도 아니었어. 거의 접점이 없었으니까 저쪽이 나를 좋아한다는 건 알지도 못했어."

메구한테도 둔감한 시기가 있었던 모양이다.

고등학생이 된 지금은, 자신을 향한 호의를 놓칠 리가 없다.

호의뿐 아니라,

'같은 반에 나를 싫어하는 사람이 있다는 사실을, 나는 그다지 좋아하지 않아.'

악의도, 적의도.
공포도, 외포도.
경멸도, 모멸도.
분명 온갖 방향의 감정을.

"그래서 중학교까지는 딱히 아무 일도 없다가, 우연히 같은 고등학교로 배정을 받아서, 그때부터 키놋치가 다시 불붙은 모양이야."

"…뭐, 예전에 좋아했던 여자아이랑 우연히 재회한다는 건, 남자로서는 불타는 시추에이션이라고 생각해."

고대의 연애 시뮬레이션 게임은 죄다 그런 설정이었다는 인상이 있다. 불탄다의 '모에(燃え)'가 아니라 싹튼다의 '모에(萌え)'가 일반적인 표기였던 시대의 문명이다. 솔직히 그다지 자세하게 알지는 못하니 단순한 인상일 뿐이지만.

어느 쪽이든, 내 머릿속에서 키노모토 주인공설이 더욱 유력해졌다.

"료타, 역시 오해하고 있어."

"…뭐가?"

"키놋치는 딱히 나만 좋아하진 않았다니까. 중학교에서도 당연하게 여자친구가 있었던 모양이고, 고등학교 때도 여름방학이나 겨울방학 같은 이벤트가 있을 때마다 갈아탄다는 느낌이거든?"

"…그, 그래?"

"응. 키놋치는 고백을 많이 받으니까."

오랜만에 저주를 외고 싶어졌다.

리얼충 죽어라! 폭발해라!

…하지만, 정말로 그런 정형구로 끝내도 될까?

"그러니까 그렇게 진지하게 생각하지 않아도 돼. 내가 료타랑 사귀고 마키마키가 열렬하게 대시한다는 상황이 3달만 계속되면, 분명 그쪽으로 갈 거라고 생각하니까."

"그 정도로…, 가볍다고 말하고 싶은 거야?"

"으음-, 냉정하게 평가하면 2학년으로 올라와서 같은 반이 되고, 거기서 나를 떠올려서, 아직도 첫사랑 상대를 좋아하는 자신에게 도취했을 뿐이야."

상상 이상으로 냉정한 말투로 키노모토를 평가하는 메구.

"그러니까 키놋치는 빨리 눈을 떠줬으면 좋겠어-, 라고 생각하고, 마키마키는 빨리 행복해졌으면 좋겠어-, 라고 생각해."

"…과연, 그런 거였구나."

이야기는 얼추 이해가 되었다.

하지만 완전히 납득한 것까진 아니다.

아니, 오히려 강렬한 위화감을 느끼고 있다.

'초등학생 시절부터, 내내 좋아해 온 사람이 있어.'

'…얼마 전에 차였지만.'

키노모토가 그렇게 가벼운 마음이라는 생각이 들지 않

아서 그렇다.

자신의 직감 이외에는 아무 근거도 없고, 자신에게는 타인을 분석하는 능력이 단세포 수준밖에 갖춰져 있지 않다는 사실도 자각하고 있지만, 그래도 역시 믿을 수가 없다.

제6돌격대의 베른을 좋아하는 자신에게 도취한 오타쿠 남자라면 안다. 그 녀석이 신부를 세 달마다 갈아치워 버린다는 사실도. 아마 머릿속에선 그녀에게 고백을 받은 경험도 풍부하겠지.

뭐, 야기우 씨 얘기다.

키노모토한테서 야기우 씨와 같은 냄새가 나나? 라고 묻는다면 완전히 다른 느낌이다.

어제까지의 나였다면 메구의 설명을 그대로 받아들였을 것이다.

하지만 지금은 의문을 떨쳐낼 수 없다. 자신의 머리로 생각하게 된다.

'그러니까 키놋치도, 예전 일은 잊어 줘.'

'최악의 경우엔 잊지 않아도 괜찮지만, 누구한테도 말하지 말아 줘. 우리만의 비밀로 해줘. 계속 그렇게 하기로 약속했잖아.'

아, 그거다.

모든 일의 발단은, 그 대화를 훔쳐들어 버렸다는 데에

있다.

거기서 떠오른 최대의 의문이, 결국 아직 해소되지 않은 것이다.

"…그걸 왜 숨겼어?"

나는 메구에게 물었다.

혹은 메구를 질책했다.

"그 이야기, 나한테는 미리 알려줄 수도 있었잖아. 그보다 처음에 알려줘야 하지 않았어? 메구가 보기엔 단순한 자아도취일지도 모르지만, 키노모토가 초등학생 시절부터 좋아했다는 건 분명한 사실이고, 그걸 알았다면 나는."

"알았다면, 거절했을까?"

메구는 내 발언을 가로막고 되물었다.

혹은 나를 시험했다.

"만약 처음에 알려줬다면, 료타는 나랑 사귀었을까?"

"그건, 으음…."

"최종적으로는 해줬을지도 모르지만, 료타는 아마 엄청 망설이지 않았을까? 어려운 생각을 잔뜩 하면서, 엄청 고민하고, 머리에서 연기가 푸슉-, 하고."

나는 입을 다물었다.

농담 같은 표현이지만 내용은 조금도 부정할 수 없었다.

"세상에는 모르는 편이 나은 일도 꽤 있다고 생각해. 예를 들면, 내가 중학교 때 어떤 괴롭힘을 당했는지 자세하게 듣고 싶어?"

나는 입을 다물고 있다.

중학교 시절의 이야기는 단편적으로 들은 게 전부지만, 자세한 내용을 알고 싶다고는 일절 생각하지 않는다.

"그보다 나도 말하고 싶지 않아. 어떤 의미로는 고교 데뷔라는 감각으로, 다른 사람으로 다시 태어났으니까. 전생의 기억 따위는 떠올리기 싫은 게 당연하잖아."

"…키노모토는 그 '전생의 기억'이 떠오르게 하는 상징 같은 존재라는 거야?"

"응. 그런 느낌이지."

"…그러니까, 좋아한다는 말을 들어도, 사귈 수가 없는 거구나."

"아–, 그보다는 마키마키랑 사귀어 주었으면 좋겠다, 라는 쪽이 강하지만."

그렇게 대답하더니 메구는 잠시 뜸을 들이고,

"그런데 료타."

다시 나를 시험했다.

"혹시, 나랑 이제 헤어지고 싶어?"

봄바람이 몸을 훑고, 메구의 머리카락이 하늘하늘 날렸다.

쓰레기통 근처에 떨어져 있던 빈 캔이 달각거리며 굴러가다가, 이윽고 멈췄다.

세상이 아주 약간 움직인 그 몇 초 동안.

나만이 내내 정지해 있었다.

"아까부터 료타가 하는 말은, 뭐랄까…, 내가 키놋치랑 사귀면 되는 거잖아, 라는 말처럼 들려."

"…아, 아니, 그런 게 아니라."

"아니야? 정말로?"

간파당하고 있다.

나 자신도 명확히 언어화하지 못했던 생각을, 예리하게, 그리고 단적으로.

"료타의 사고방식은 아마 대단히 심플할 거야. 나를 제일 좋아하는 사람이, 내 남친에 제일 적합하다는 식으로."

그렇게까지 심플한 생각은 하지도 않고 아마 할 수도 없을 것이다. 자신이 처한 환경을 객관시해서 이야기의 유형에 끼워 넣고, 누구는 주인공 누구는 히로인 누구는 악역, 같은 방식으로 복잡하고 성가시게 생각하게 된다.

하지만 뒤죽박죽으로 섞인 잡다한 노이즈를 지워나가다 보면, 본질적으로는 같은 생각이 되는지도 모르겠다.

메구를 제일 좋아하는 사람이, 메구의 남친에 제일 적합하다는 식으로.

"하지만 실제로는 그 반대거든."

"…반대?"

"나를 제일 좋아하는 사람은, 내 남친에 제일 적합하지 않으니까."

"…응? 어째서?"

"그야 나는 그 사람을, 똑같이 좋아해 줄 수 없을 거라고 생각하거든."

메구는 담담히 자기 이야기를 계속했다.

"예를 들어 키놋치가 초등학생 때부터 나한테 일편단심이었고 중학생 때도 여친 같은 건 만들지도 않는 사람이었다면, 아마 지금보다 더 무리였을 거야. 사귀어도 어차피 균형이 안 맞을 거라면 애초에 안 사귀는 편이 서로를 위해서 낫잖아."

"…그, 그렇구나."

"그러니까, 반대로 료타가 가장 적합하다고 생각해."

"…응?"

평소와 다름없는 졸린 눈빛으로.

메구는 이렇게 단정했다.

"료타는 나를 그다지 좋아하지 않으니까."

타인과 커뮤니케이션을 거듭하며 그 사람에 대해 점점 깊이 이해해나간다, 라는 능력이 나에게는 결여되어 있다.

거기에 한 술 더 떠서, 자기 자신에 대한 이해조차 부족하다.

자기문답을 반복하며 점점 깊은 자기분석을 해나가는 척하지만, 실제로는 결정적인 문제에서 눈을 돌리고 외면한다. 명확히 언어화하지 않고, 눈에 안 띄게 포장해서 깊숙이 넣어 버린다.

'…아니, 그건 나랑 메구가 일반적인 커플일 때나 할 수 있는 소리고….'

'서로 연애감정 같은 건 없으니까 선을 긋는다고 할까, 나설 데 안 나설 데를 잘 구분해서 행동하지 않으면 안 되잖아.'

내가 한 발언이 부메랑처럼 나에게 돌아왔다.

노골적이지 않게 잘 포장했는지 직설적인 표현인지의 차이는 있지만, 요약하면 결국 그뿐인 이야기라고 생각한다.

그러니 원래는 쇼크 따위를 받을 이유가 없다.

하지만 실제로는 쇼크가 지나쳐 오바이트가 나올 것 같다.

이유는 불명.

정확히는, 설명 불능.

겉으로 하는 소리와 속마음의 구별이 모호한 채로, 또 그걸로 문제가 없다면서 살아가기 때문에, 자신의 감정조차 제대로 해설하지 못한다.

그렇게 되면 반론에 쓸 재료 따윈 아무것도 없다.

인정하는 수밖에, 받아들이는 수밖에 없다.

…내가 메구를 좋아하지 않는다는, 굳이 말하자면 객관적인 사실을.

3장 금요일의 아야뻬

나와 메구는 오늘도 손을 잡고 등교한다.

같은 행동을 2주나 계속하다 보니 반 아이들의 반응도 꽤 무덤덤해졌다. 일상의 일부가 되어 버려서겠지. 흘끔 쳐다보고, 아, 재네구나. 이것으로 끝. 대부분의 학생은 그 정도 반응밖에 보이지 않는다.

나도 꽤 익숙해졌다는 느낌이 든다. 얼마 전에는 여자랑 손을 잡기만 해도 가슴이 쿵쾅거렸는데, 역시 매번 그런다면 심장이 버티질 못한다. 사망 확정이다. 그러니 태연하게 메구의 남친 연기를 할 수 있는 건 자기방어본능이 발동한 결과이기도 하다.

인간은 적응하는 동물이다.

새로운 환경에 적응한다.

그리고 점점 아무것도 느끼지 못하게 된다.

"좋은 아침, 키놋치-."

"…아, 안녕."

"안녕. 10분 후에 아침 연습 시작이구나-."

메구와 손을 잡은 채로 키노모토와 인사를 나눴다.

꽤 잔혹한 행동이다.

하지만 일일이 죄책감을 느꼈다간 나에게 남는 선택지는 자살밖에 없어진다. 죄책감이 느껴지지 않도록 마음에 부분 마취를 놓아, 나는 어떻게든 연명해 나가고 있었다.

그야 어쩔 수 없잖아.

나는 메구의 남친이니까.

키노모토는 메구를 좋아한다.

나보다도 훨씬 더 메구를 좋아한다.

반대로 말하자면, 나는 키노모토만큼 메구를 좋아하지 않는다.

논리 퍼즐이라고 할까, 거의 말장난 수준이지만 그런 만큼 틀림없이 이 명제는 참이다.

나는 메구를 좋아하지 않는다.

하지만 메구의 남친이다.

이런 게 용납될 수 있나?

안타까운 일이지만, 용납되더라고.

누구와 누가 사귀어야 하는가, 라는 문제는 당사자 둘이 서로를 좋아하는지 아닌지만 놓고서 결정되는 게 아니다. 다양한 외적 요인을 고려해, 신중하면서도 적절하게 판단할 필요가 있다.

경우에 따라서는 좋아하지 않는 상대와 사귀는 게 정답일 때도 있을 것이다.

나와 메구의 관계가, 그야말로 딱 그렇다.

'좋아하는 사람…, 없어?'

'없는데?'

이 사실은 처음부터 선고되어 있었다.

메구는 나를 좋아하지 않는다.

하지만 내 여친이다.

이런 게 용납될 수 있나?

적어도 나는 불만을 가질 이유가 없다.

우리는 서로가 서로를 좋아하지 않는다. 그렇기 때문에 균형이 맞는다. 공교롭게도, 우리는 대단히 잘 어울리는 커플이다.

'연애 같은 거… 잘 이해도 안 가고, 귀찮으니까.'

이 점도 메구와 의견이 같다.

아아, 이런 건 정말로 귀찮다.

좋아한다는 게 뭐지? 어떤 감정이야? 돈코츠쇼유 라멘을 좋아한다고 말하는 것과 아이돌 파이브를 좋아한다고 말하는 것과 카미이 메구를 좋아한다고 말하는 데에 각각 어떤 차이가 있지?

리얼충은 금세 사랑에 빠진다. 누군가를 좋아하게 되어 버린다. 고백하고, 그 고백을 받아들여, 교제를 시작해 버린다. 그 사람들은 다들 좋아한다는 감정을 이해하고 있을까? 영원한 사랑이 포에버 러브인 걸까?

그저께부터 계속 그런 생각만 하고 있다.
지금도 조금만 방심하면 그런 생각에 빠져들게 된다.

"그런데, 료타?"
메구에게 이름을 불려, 나는 현실 세계로 돌아왔다.
"결국, 일요일날 어디 갈 거야?"
"…앗, 미안해. 아직 안 정했어."
"음-, 그렇구나. 만약 멀리 갈 거라면 미리 준비해야겠다고 생각해서."
"…멀리? 아, 그러게. 유원지이라든가 수족관이라든가, 이래저래 있으니까."
사귄 지 이제 2주.
이틀 후인 일요일, 우리는 처음으로 공원 이외의 장소로 나간다.
이틀 전인 수요일, 어쩌다 보니 그런 약속만 하고 그 후로 아무 진전이 없는 안건이다.
"아니면 장소는 내가 정할까?"
"…아니, 내가 정할게."
메구의 제안은 대단히 고맙기는 하지만.
그래선 조건을 만족시키지 못한다.
우리는 일반적인 리얼충 고교생 커플이어야 한다. 속사정이야 어떻든, 객관적으로 보았을 때 거기에 가까운 모습을 보여야만 한다.

그리고 일반적인 리얼충 고교생 커플은 남친 쪽에서 데이트 계획을 짠다. 여친에게 그런 걸 하게 만드는 건 있을 수 없는 일이다. 인터넷에 올라온 글들에도 그렇게 쓰여 있었고, 리얼충 여자의 취급설명서를 가사로 써주신 위대한 아티스트께서도 그렇게 노래하셨다.

아아, 정말, 엄청나게 귀찮다.

리얼충으로서 살아간다는 건 너무나도 피곤하다.

…………….

지금 나 좀 대단하지 않나?

요약해 보면 딱히 좋아하진 않지만 여친은 있는데, 데이트 계획 같은 걸 짜야 해서 아~ 피곤해~, 너무 힘들어~, 라는 거잖아?

저도 모르게 쓴웃음이 나온다.

2주 전의 내가 이 이야기를 듣는다면 어떤 기분이 들까?

뭐, 자학풍 자랑으로밖에 들리지 않을 테고, 느껴지는 건 살의뿐이겠지.

그러니 이런 불만은 마음속에 묻어둬야 한다. 키노모토에게는 절대로 말할 수 없고, 그 외의 누구에게도 마찬가지다. 어디에도 토해내지 못한 채 안에서 물컹물컹해질 때까지 썩혀서, 나중에 부분마취를 놓고 잘라내는 수밖에.

괜찮아.

어차피 점점 아무것도 느끼지 못하게 될 테니까.

"앗, 료타 씨."

교실 한구석에 있는 나나코 씨와 눈이 마주쳤다.

평소의 오들거리는 표정보다는 조금 밝아 보인다.

나는 그 이유를 안다.

"좋은 아침이야. 아얏삐 캐릭터 총집합, 엄청 좋았어."

"에헤헤헤. 고마워. 오랜만에 다양한 캐릭터를 그려서, 즐거웠어~."

"응? 무슨 말이야?"

"아아, 그게, 나나코 씨가 일러스트를 그려서 투고했거든. 오늘 자정에."

나는 스마트폰을 조작해 메구에게 화면을 보여주었다.

반코네의 베른이나 아이돌 파이브의 피요를 필두로 10명 이상의 캐릭터들이 각자의 개성을 살려 그려진 단체그림이었다.

중앙에는 큰 글자로,

"…경축, 아얏삐 오신 날?"

"응, 맞아. 유즈키 아야라는 성우의 생일을 기념해서, 이제까지 목소리를 맡은 캐릭터들을 한데 모아서 그린 거야."

"와-, 대단하다. 다들 귀여워."

"정말로, 귀엽지~."

"아, 으응, 고, 고마워…."

나나코 씨는 부끄러운 듯이 고개를 숙였다.

입가는 실없이 히죽거리고 누가 봐도 기뻐 보이는 표정이라 나도 기분이 좋아진다. 황폐한 마음이 정화되어 간다.

나나코 씨는 치유다.

"이 그림 보고 생각한 건데. 나나코 씨가 아이돌 파이브의 그림을 사이트에 올린 건 그때 이후로 처음이지?"

"아, 응. 단독으로는 이래저래 트집잡는 사람들이 있겠지만, 이런 형태라면 괜찮지 않을까, 라고 생각했거든."

"성공했구나."

"성공했어, 에헤헤헤."

하이파이브 같은 행동은 하지 않는다.

나나코 씨는 리얼충이 아니라 오타쿠쪽 인간이니 그런 액션은 부적절하다. 손이 맞닿지 않아도 우리는 충분하고 남을 정도로 기쁨을 공유하고 있다.

"그런데 용케 시간에 맞췄구나. 어제 저녁까지만 해도 아직 러프나 다름없는 상태였는데."

"그건, 으음…, 기, 기합으로?"

"우와. 근성론 등장."

“하지만, 역시 날짜 바뀌는 순간에 딱 맞춰서 올리고 싶었거든.”

뭐, 마음은 이해가 간다.

SNS에서 이른바 ‘생일파티’가 가장 고조되는 시각은 날짜가 바뀐 직후다.

해시태그 #경축_아얏삐_오신_날.

심야에 확인했을 때는 실시간 트렌드 1위였지만 지금은 3위다. 순위를 확인하는 김에 투고작들을 검색해보니, 나나코 씨의 그림이 엄청난 기세로 확산&절찬을 받아서 조금 자랑스러운 기분이 들었다.

“나나코 짱은, 그 아얏삐? 라는 사람을 좋아하는구나?”

“나…보다는 료타 씨가?”

“아하, 료타가.”

메구가 내 얼굴을 보았다.

평소와 다르지 않은, 조금 졸려 보이는 얼굴.

“…왜?”

“어, 뭐가?”

“말해 두겠는데, 나는 유사연애파는 아니니까.”

“유사연애파?”

“…아, 미안, 아무것도 아니야.”

마음속으로 스스로에게 한마디 하고 싶은 기분이다.

반사적으로 튀어나온 변명이 하필이면 그건가.

아얏뻬를 어떤 태도로 응원하는지 메구에게 밝혀야 하는 이유도, 메구보다 아얏뻬를 더 좋아하는 건 절대로 아니라고 주장하는 의미도, 오타쿠의 상식이 일절 통하지 않는 메구에게 전문용어를 써 버리는 무신경함까지도, 제대로 된 게 하나도 없다.

"무, 물론, 나도, 아얏뻬를 정말 좋아하거든? 아이돌 파이브 이외에는 한 번씩밖에 안 봤지만, 전부, 엄청, 영혼이 담겨 있어서…."

"…그러게. 오늘을 위해 일러스트를 그려 주는 그림쟁이들은, 다들 아얏뻬를 정말로 좋아한다고 생각해."

"뭐랄까, 대단하네."

진심으로 감탄한 말투로 메구가 중얼거렸다.

"성우는 기본적으로 애니메이션 전문이지? 얼굴도 안 나오는데, 목소리만으로 그렇게 인기가 많아?"

너무나 알기 쉬운 형태로 문화의 차이가 표면화되었다.

이런 내용을 리얼충 여자에게 설명하는 건 조금 난처한 일이다.

그건 메구 스스로도 자각하고 있다. 나나코 씨가 나에게 포교활동을 할 때 결코 동석하지 않으려는 게 대표적인 예시다. 대학입시 스터디 모임에 초등학생이 가봐야 방해만 된다는 대답으로 매번 거절하고 있다.

그래도 역시 아예 설명을 포기하는 것도 무신경한 행동

이라고 생각한다.

리얼충 여자도 쉽게 이해할 수 있는 비유…라고 할까, 쉽게 이해할 수 있는 프레젠테이션에 대해 어느 정도는 고민해 본다. 그 정도 노력은 해봐야지.

"…예전에는 그랬을지도 모르지만 요즘…, 아니, 최근 10년 정도는 얼굴을 드러내고 활동하는 게 당연해져서 아이돌이나 가수에 가까운 존재가 되었거든. 그러다 보니 연기하는 캐릭터보다 성우가 더 인기가 많은 경우도 있어."

아, 아차.

깜빡 일방적으로 속사포처럼 말을 쏟아부었다.

"…아무튼, 다시 아얏삐 얘기를 하자면."

"아, 응."

말하는 템포를 낮추고, 목소리 톤도 낮추고, 침착한 분위기를 내려 노력한다.

"인기가 있거든, 엄청."

"그랬구나. 난 전혀 몰랐어."

"아, 그야 텔레비전 방송 같은 데에 출연하진 않으니까."

"하지만 애니메이션을 좋아하는 사람들한테는 유명인이란 거지?"

"응. 돔 공연장에서 라이브를 하면 1만 명을 모아버리는 수준이야."

"와, 대단하다. 엄청나네."

"응, 대충 이런 느낌이야."

딱 좋은 사진을 발견해서 스마트폰 화면을 메구에게 보여주었다.

아얏삐가 스테이지 위에서 스포트라이트를 받고 있다. 오른손에 마이크를 쥐고 왼손을 객석으로 뻗은 채로, 정말로 좋은 미소와 함께 노래하고 있다.

멋진 사진이다.

어쩌면 이 컷이 개인적으로 꼽는 아얏삐의 베스트샷일지도 모른다.

그리고 그 사진을 본 메구의 반응은,

"어?"

작게 그런 말을 내뱉고.

살짝 눈을 크게 뜨고서.

그저 가만히 화면만 응시했다.

"어라? 혹시, 알고 있었어?"

그런 분위기를 느꼈기에 가벼운 마음으로 물어보았다.

메구는 잠시 대답하지 않았다.

침묵이 5초 정도 이어지고, 내 머리위에는 물음표가 뜨고, 나나코 씨도 이상하다는 듯이 고개를 갸웃거렸다.

"…메구?"

"아, 응. 미안해. 잠깐 멍해졌네."

"…으, 응."

"아-, 뭐랄까, 예상보다 훨씬 예쁜 사람이라서 반해 버렸나 봐."

메구가 휘파람을 불었다.

시선은 한순간 내 얼굴을 향했다가 다시 곧바로 화면으로 돌아갔다.

"난 전혀 몰랐어. 요즘엔 성우가 이런 식으로도 활동하는구나. 돔 라이브라니, 정말 대단해."

"…뭐, 몇 번이나 말했지만 아얏삐는 인기 성우니까."

"노래도 잘하지?"

"어? 아, 응. 젊은 성우들 중에서는, 아마 압도적일 거야."

"그렇겠지, 역시."

"아니, 아직 들어본 적도 없잖아."

"음-, 그건 오라로 알 수 있어."

"…학원 이능배틀물의 여주인공이 2화에서 할 것 같은 대사네."

"앗, 정말이다…."

나나코 씨에게는 전해졌다.

메구에게는 아마 전해지지 않았을 거라고 생각한다.

"그건 그렇고, 좋겠다아—. 이렇게 멋진 생일축하를 받는다니. 뭐랄까, 정말로 부러워."

묘하게 다른 뜻이 있는 듯한 말투였다.

후우, 하고 살짝 숨을 내쉬더니 메구는 다시 내 쪽을 바라보았다. 평소와 다름없는 살짝 졸린 눈에서 왠지 모를 쓸쓸함이 감돌았다.

"…그러고 보니, 메구의 생일은 언제야?"

"음—, 실은 오늘이야."

"…어?"

"나도 오늘이, 생일이야."

"…………뭐어어?"

등에 식은땀이 났다.

"라고 말한다면 료타는 어떡할 거야?"

거짓말이지?

거짓말이겠지?

거짓말이라고 말해 줘!

"거짓말이지만."

갑자기 메구가 미소를 지었다.

"표정이 너무 굳었잖아. 재밌다."

"…어, 아아, 응."

"그보다 미안해. 내가 너무 이상한 소리를 했지? 사실은 10월이니까 안심해."

뇌세포에 다시 혈액이 돌았다.

그리고 무서운 사실을 깨달았다.

아아, 그렇구나.

나는 메구의 생일을 모르는구나.

그런 것도 모르고, 알려 하지도 않고, 모른다는 사실조차 깨닫지 못한 채로 2주 동안 남친이라는 역할을 연기했구나.

"료타, 아마 몰랐나 봐?"

"…미, 미안해."

"아, 딱히 사과할 필요는 없어. 나도 말 안 했는걸."

"…그야 그렇지만."

"만약 기억한다면, 나나코랑 같이 축하해 줘. 오늘의 경축! 야마자키 아야 오신 날! 같은 느낌으로, 카미이 메구 오신 날! 이라고."

"…응?"

"아마 알고 있겠지만."

내 말을 가로막듯 메구가 말을 이었다.

"10월은, 반년쯤 지난 후니까."

담담히.

"그때쯤이면 우리는 이미 그거니까. 료타가 거짓말을 할 필요는 없어지잖아."

일방적으로.

"그러니까 내가 뭘 좋아하는지 알아보거나 깜짝쇼를 준비하는 식의 귀찮은 일은 생각하지 않아도 괜찮아."

발언의 의도는 이해했다.

나와 메구의 관계는, 처음부터 3달 한정이라고 약속되어 있었다.

주변 상황에 따라 조금 길어지거나 짧아질 수는 있지만, 아무리 길어져도 반년 후에는 계약 만료일이 확실하게 지났을 것이다. 내가 남친이라는 입장에서 메구의 생일을 축하할 일은 없다.

그건 슬픈 미래일까?

아니면 귀찮은 일은 생각하지 않아도 되니까 기쁜 미래인 걸까?

…뭐, 반년 후의 일을 지금 생각해 봐야 뭐하겠어.

그보다 아까 조금 신경 쓰이는 발언이 있었는데,

"…으음, 메구."

"료, 료타 씨?"

이번에는 나나코 씨한테 제지당했다.

"슬슬, 연습, 시작할 것 같은데…."

"아, 정말이네. 다들 준비하고 있어."

"…그, 그러네. 벌써 그런 시간인가."

교실을 둘러보니 남자는 키노모토 쪽으로, 여자는 마키마키 쪽으로 하나둘 모이고 있었다.

"그럼 우리는 저쪽으로 갈게."

"……응."

"이따 보자."

"………응."

잡담은 여기까지.

입 밖으로 나올 뻔한 갑갑한 말을 삼키고, 그 대신에 내 성대에서 나온 건 신을 찬양하는 아름다운 가스펠송의 가사였다.

❖ ❖ ❖

오늘은 점심시간 연습 없습니다!!!!

칠판에 키노모토의 글씨로 그렇게 적혀 있었다.

중지는 방금 전에 공지되었고 자세한 이유는 말해주지 않았다.

오늘로 연습 사흘째. 뭐라고 할까, 첫날에 비해 분위기가 상당히 느슨해졌다. 그런 타이밍에 연습 예정을 한 번 스킵했다간 분위기는 더 다운될 것이다.

남의 일처럼 4반의 앞날을 걱정하며 자판기에서 콜라를 샀다. 좋지 않은 매너라는 걸 알면서도 한 모금, 또 한 모금 마시면서 복도를 걸었다.

"♪드디어 눈뜬, 동틀 녘의 지평선."

3반 교실 앞을 지날 때 반사반격의 멜로디가 들려왔다.

하지만 조금 위화감이 있다.

…아마도 한 명.

심각한 수준의 노랫소리가 섞여 있었다.

"드디어 눈~뜬~, 동틀 녘~의 지~평선~."

"스톱, 스토옵 ㅋㅋㅋ"

야기우 씨가 비웃었다.

"깜빡했데이 ㅎㅎㅎ 나나코 씨는 억수로 노래 못했지."

"미, 미안해…."

교실 안을 살펴보니 눈에 익은 오타쿠 여자의 곤란한 표정이 보였다. 나는 한순간 당황했지만, 그 후로 곧바로 상황을 이해했다.

4반 연습이 중지되었다면, 그야 나나코 씨는 당연히 오타히메와 함께 3반에 가겠지.

OTA단의 상식으로는 다른 건 '있을 수 없는 일 ㅎㅎㅎ'일 테니까. 좁은 세계에서만 통용되는 비상식적인 상식…이라고 말하고 싶지만, 3반 아이들이 아무렇지 않게 받아들이는 걸 보면 어쩌면 상식이 없는 쪽은 나일지도 모른다.

"아니아니아니, 그거는 그것대로 멋진 개성이데이? 아이돌 그룹도 말이다, 몬하는 아가 하나 섞여 있어야지 그게 딱 좋은 양념처럼 된다는기다."

"듣고 보니 그러네! 알겠지, 나나코 씨? 자신의 존재의의를 잃어서는 안 돼."

"아아, 으, 응. 열심히, 살아갈게. 에헤헤헤."

나나코 씨의 웃는 얼굴을 보니 가슴이 아프다.

역시 이런 광경을 목격해 놓고도 모른 척 넘어갈 수는 없다.

나는 언제나 그렇듯 스스로에게 여친이 있는 리얼충이라고 자기암시를 건 후에,

"죄송~, 잠깐 실례~."

3반 교실에 돌입했다.

몇 분 후.

"…힘들었지?"

"으, 응. 료타 씨, 고마워."

나나코 씨 구출작전은 어이없을 정도로 간단하게 성공했다.

야기우 씨나 오타히메는 마키마키가 나나코 씨를 부른다는 뻔한 거짓말을 정말로 믿은 걸까. 아니면 믿지 않지만 굳이 나나코 씨를 3반에 묶어둘 이유가 없었던 걸까.

어느 쪽이든 결과가 좋으면 그만이다.

지금, 우리는 3반 교실에서 탈출해 복도를 어슬렁거리며 걷고 있다.

"그런데 나나코 씨, 그렇게 음치였어? 4반 연습에서는 그렇게까지 심하지 않았잖아?"

"으음, 그, 그건…."

나나코 씨가 말을 흐렸다. 안절부절못하며 눈동자를 굴리는 모습을 보고 나는 어느 가능성에 도달했다.

"…혹시, 일부러?"

"그, 그게, 으음, 나, OTA단에서는, 그런 캐릭터니까."

"…정말이냐."

연기.

피에로.

그런 단어들이 문득 뇌리에 스쳤다.

굳이 자세한 사정이 궁금하지는 않다. 어차피 '가창력 담당은 오타히메니까' 같은 답만 돌아올 테니 들어봐야 기분만 잡치겠지.

그래서 나는 질문 대신에 위로의 말을 건넸다.

"…정말로, 고생 많았어."

"으, 응. 료타 씨, 고마워."

오타쿠의 세계에서 살아간다는 건, 리얼충의 세계에서 살아가는 것에 맞먹는 정도로 큰일이다.

어느 쪽에도 속하지 못하고 떠돌이처럼 살아가는 것도 그 나름대로 가시밭길이지만.

뭐랄까, 인생이란 어차피 어떻게 발버둥 쳐도 벌칙 게임인 게 아닐까.

"…괴로운 이야기는 그만두자. 즐거운 이야기를 하자."

"어? 으, 응."

"…나나코 씨."

"아, 응."

"…뭔가 요즘, 즐거운 일, 있어?"

"아, 그게…."

기분전환을 위해 화제를 바꾸는 건 좋지만, 커뮤니케이션 능력이 낮아서 슬플 정도로 어설픈 대화가 되어 버린다.

그런데 나나코 씨는,

"앗! 그러게, 오늘은 아얏뻬 생일이야!"

예상을 깨고 순식간에 표정이 밝아졌다.

결코 내 덕분이 아니다. 아얏뻬 덕이다.

"으, 응. 그러고 보니까 나나코 씨가 그린 일러스트도, 북마크 등록수 아까보다 더 올라가지 않았어?"

숫자를 확인하려고 스마트폰으로 SNS에 접속했다가,

"…맞다, 아얏뻬 얘기가 나와서 말인데."

문득 떠올렸다.

"나나코 씨한테 상담하고 싶은 게 있었어."

"어? 뭐, 뭔데?"

"아, 딱히 그렇게까지 긴장할 필요는 없어. 어쩌면 내 단순한 착각일지도 모르고, 그렇지 않다고 해도 증거가 너무 없어서 '망상 자제 좀'이라는 소리를 들을지도 모르는 가설이거든."

"미, 미안, 무슨 소린지 잘, 모르겠는데."

나나코 씨가 다시 곤란한 표정을 지었다.

나는 조금 반성하고, 거추장스러운 자기방어용 말들을 잘라낸 후에 단도직입적으로 이야기했다.

"…오늘 아침에, 메구한테 아얏삐의 사진을 보여줬잖아?"

"으, 응."

"그때 조금 신경 쓰인 게…."

"아라카와, 니노마에."

그 말을 다 하기 전에 의식 밖에서 누가 내 이름을 불렀다.

"…키노모토?"

"대화하는 도중에 끼어들어서 미안해. 중요한 얘기가 있으니까 다들 교실에 모여줄래?"

그 말투는 조금 신경이 곤두선 듯했다.

심상치 않은 느낌이 들어, 나는 나나코 씨와 얼굴을 마주보았다.

"…그럼 갈까."

"그, 그러자."

상담이 계속 뒤로 밀리고 있지만, 어쩔 수 없지.

우리는 마주보며 고개를 끄덕이고 키노모토의 뒤를 따랐다.

4반 교실은 어째서인지 웅성거리고 있었다.

칠판에 쓰인 연습 중지 공지는 그대로 남아 있고, 그 글자들을 등지고서 마키마키가 서 있었다.

그런데 그 분위기가 어떻게 봐도 좀 이상했다.

"…메구?"

"아, 료타. 왔구나."

"…마키마키 눈 왜 저래? 빨갛지 않아?"

"응. 역시 그렇지?"

메구도 동의해 주었다.

그러니 분명 틀리지 않았다.

마키마키는 방금 전까지 울었다는 것을 숨기려 하지도 않고 그 자리에 서 있었다. 혹은 세워져 있었다.

"합창대회의 반주자가 정해졌어."

키노모토가 마키마키 옆에 서서 발표를 시작했다.

다행이야, 정해졌구나, 라는 안도감이 교실에 퍼졌다.

과연 누굴까?

어제까지의 설명으로는 4반에 피아노를 칠 수 있는 학생은 없을 것이다. 없는 건 어쩔 수 없으니 다른 반과 교섭해서 반주자만 조달한다는 방안이 유력했다.

하지만 키노모토의 입에서 발표된 내용은 예상 밖이었다.

“마키마키가 피아노를 칠 수 있었다는 모양이라, 반주자를 맡아 줄 거야.”

“…뭐?”

저도 모르게 목소리가 나왔다.

입을 헤 벌린 사람은 나만이 아니었다.

교실에 있는 학생의 태반이 황당한 표정으로 마키마키의 울어서 부은 얼굴을 바라보고 있었다.

어떻게 된 일이지?

칠 수 있는데 못 친다고 거짓말한 건가?

“그래서 여성 솔로가 없어졌으니 새롭게 모집해야 해. 하겠다는 사람이 없으면 여자 전원이 참가하는 오디션으로 결정할 예정이야. 한 명씩 솔로 파트를 노래한 후에 가장 잘하는 사람한테 맡기는 게 가장 확실하고 좋은 방법이겠지.”

거기까지 단숨에 말하고 나서 키노모토는 잠시 뜸을 들였다.

교실 끝에서 끝까지, 전체를 둘러보듯 시선을 움직였다.

단순한 우연일지도 모르지만, 메구와 눈이 마주친 타이

밍에 키노모토는 다시 입을 열었다.

"…거짓말은, 하지 않았으면 좋겠어."

간청하는 듯한 말투.

"할 수 있는데도 못 하는 척하는 건 역시…, 좋지 않은 일이라고 생각하거든."

다시금 실감했다.

나는 아무것도 모른다.

그보다, 나는 아무것도 알려 하지 않는다.

마키마키에 대해서도.

키노모토에 대해서도.

그리고 메구에 대해서도.

지금, 이 교실에서 무슨 일이 일어나고 있는지. 누가 어떤 거짓말을 하고 있는지. 그 결과, 어떤 진실이 감추어져 있는지.

아마, 나만 아무것도 모른다.

❖ ❖ ❖

6교시가 끝나고 홈룸 시간에 보충설명을 들을 수 있었다.

합창대회를 공평하게 진행하기 위해, 원래 2학년은 반마다 피아노 반주자가 1명 이상 배정된다. 그러니 반주자가 없는 사태는 원칙적으로 발생할 수 없다.

그럼 이번에는 어째서 며칠이나 반주자가 정해지지 않았던 걸까.

단적으로 말하자면, 마키마키가 거부했기 때문이다.

이유는…, 생각하신 대로. 여성 솔로를 하고 싶었다는 모양이다. 그리고 피아노 경험자가 자기 혼자밖에 없을 줄은 몰랐다고 한다.

동정의 여지도 조금은 있다.

일단 Holy Night Queen은 마키마키가 추천한 곡이고.

이런저런 의혹은 있었지만, 마키마키가 연습에 열의를 보였다는 것도 사실이다.

하지만 역시 반주자가 정해지지 않은 채로는 문제가 많다. 그래서 결국 마키마키가 버티지 못하고 여성 솔로를 사퇴하게 되었다는 것이다.

"내가 제멋대로 구는 바람에 모두한테 피해를 줘서, 정말 미안해."

마키마키는 얌전한 표정으로 사과했다.

점심시간과 달리 이미 눈물 자국은 사라져 있었다.

"그럼 재출발하는 기분으로 열심히 해보자!"

키노모토는 밝은 목소리로 외쳤다.

점심시간과 달리 이미 화내는 느낌은 없었다.

평소에는 부드럽지만 화내야 하는 때에는 진심으로 화

내주는 사람, 뭐 그런 게 리얼충 여자에게는 이상적인 남친이라고 하더군요. 아, 그래서 키노모토가 인기가 있나 봅니다. 네네, 잘 알 것 같네요.

"그럼, 여성 솔로에 입후보하실 분?"

반장이 의사진행을 하고.

리얼충 여자들이 작은 목소리로 논의했지만 결국 손을 드는 사람은 없었다.

마키마키의 거대한 영향력은 아마 여자들 중에 모르는 사람이 없을 것이다. 후임이 되었다간 키노모토와 둘이서 연습하는 상황도 있겠고, 괜한 원한을 사게 될 수도 있다. 리스크가 너무 크고, 반면에 리턴은 적다.

"입후보가 나오지 않았으니 월요일 방과 후에 오디션을 실시하겠습니다. 악보에는 솔로 파트도 실려 있으니까 조금이라도 흥미가 있으신 분은 주말 동안 연습해 주세요."

여성 솔로 문제는 일단 다음 주까지 보류.

이런 흐름으로 홈룸 시간이 끝나고, 어제나 그제와 마찬가지로 방과 후 합창 연습이 시작되려 하고 있었다.

라고 생각한 순간.

"어째서 불려나왔는지, 알아?"

"…아니, 그, 잘, 모르겠습다."

다른 모두가 합창 연습을 시작할 때쯤, 나는 어째서인지 빈 교실로 끌려와 있었다.

"그렇구나. 모른다 이거네."

언짢은 표정의 리얼충 여자가 자기 머리카락을 손가락으로 빙글빙글 말고 있었다.

그녀의 이름은 마키노 마키나.

그렇다, 마키마키다.

"아…, 음…, 왠지 미안해."

벌써부터 사과할 필요는 없지만, 압도적인 눈빛으로 푹푹 찔러대는 탓에 완전히 위축되어 버렸다.

멀리서 아직 완성도가 낮은 Holy Night Queen이 들려왔다.

아아, 지금 당장 연습에 합류하고 싶다.

이 공간에서 도망치고 싶다.

텅 빈 교실에서 리얼충 여자와 둘만의 시간. 보통은 두근거리는 시추에이션이겠지만 내가 느끼는 건 조금 다른 종류의 두근거림이었다.

"아라카와, 너…."

"…아, 넵."

"메구랑 사귀고 있지?"

"…그, 그렇습다."

"메구를 좋아하지?"

"…으음, 저기, 너무 가깝…."

"묻는 말에 대답해."

"아, 좋, 좋아함다! 아주 좋아합니다!"

한 마디 할 때마다 한 걸음씩 다가오는 바람에 점점 벽으로 몰렸다.

쓸데없는 생각을 할 여유도 없이, 유도하는 대로 아주 좋아합니다! 라는 말을 입 밖으로 냈다. 이게 뭐지? 무슨 플레이야? 나한테 그런 성향은 없거든?

"그럼 알지?"

"…뭐, 뭘?"

"키놋치가 메구를 포기하지 않았다는 거."

"…앗."

으득, 하고 어금니를 깨무는 소리가 들렸다.

거의 밀착에 가까운 거리에서 발산되는, 뭐라고 할까, 분노의 파동 같은 게 나한테도 다이렉트하게 전해져 왔다.

"넌 불안하지도 않아? 아니면, 메구는 나를 좋아하니까! 라고 여유 부리는 거야?"

"…아니, 그건, 그렇지는 않지만…."

"아니긴 뭐가 아닌데? 제대로 설명 좀 해봐. 내가 너였다면 지금쯤 초조해서 정신 못 차릴 것 같은데? 키놋치한테 메구를 빼앗기지 않으려고 필사적이었을 거라고. 그런데 너한테선 전혀 그런 느낌이 안 드는데, 어째서야?"

나는 말문이 막혔다.

메구와의 관계에 대해서는 기밀 사항이 많다. 마키마키에게 말할 수 있는 일과 말할 수 없는 일, 정리한 후가 아니면 아무것도 말해줄 수 없다.

…단 그 이전의 문제라면.

정곡을 찔렸다는 점. 마키마키한테도 완전히 간파당하고 있었구나.

"아라카와, 너 정말로 메구를 좋아하기는 해?"

똑같은 말을, 다른 장소에서, 다른 사람에게 지적받았다면 그건 이미 객관적인 사실이라고 생각하는 편이 낫다.

이번에는 내 주관적인 판단과도 합치하는 만큼 더더욱 그렇다.

하지만 내 입에서 나온 말은,

"…좋아해."

그 한 마디뿐이었다.

다른 대답은 허락되지 않는다.

그야 나는 메구의 남친이니까.

복잡한 풀이 과정 따위를 요구하지 않는다는 것쯤은 안다. 리얼충이 원하는 것은 언제나 심플한 답이다. 굳이 말하자면 좋아한다, 라든가 부분적으로 좋아한다, 라든가 특정 조건이 갖춰지면 좋아한다, 같은 건 원하지 않는다.

나는 메구의 남친이니까, 메구를 좋아하는 게 당연하다.
그거면 되는 거야.
그 이외에는 없다.
하지만 마키마키는,
"혹시나 해서 묻는데, 남친은 나니까, 라면서 방심하고 있는 거 아냐?"
나에게 가차 없이 통렬한 공격을 날렸다.
"네 태도가 그렇다면 메구가 바람을 피워도 할 말이 없거든? 다 잡은 고기에 먹이를 안 줘서 놓쳐버리는 패턴은, 분명히 말하겠는데 백 퍼센트 남자 잘못이라고."
"…엥?"
리얼충 여자 특유의 지리멸렬한 논리다.
하지만 반론할 틈을 주지 않는다.
"그렇게 되면 나도 곤란하단 말야."
"…앗."
마키마키가 벽에 손을 댔다.
"알지?"
"…아, 넵."
흔히 벽쿵이라고 하는 자세로 근접거리에서 나를 노려본다. 끝내주게 무섭다.
"그러니까 좀 더 분발하란 말야. 메구를 정말로 좋아한다면, 꽉 붙잡고 '누구한테도 못 넘겨줘, 이 자식들아'라고 주위를 위협하는 정도는 할 수 있어야지. 세상 모든 사람을 적으로 돌릴 정도의 기세가 딱 좋으니까."

JPOP의 가사 같은 소리를 이렇게까지 태연하게 하는 사람은 처음 봤다.

뭐, 리얼충 여자에게 인기가 있는 건 리얼충 여자의 가치관에 딱 들어맞는다는 뜻도 되니까 놀랄 만한 이야기도 아니지만.

"나는 조금 도가 지나쳤지만."

"…뭐가?"

"반주자 말이야. 너무 제멋대로라면서 키놋치도 화를 냈거든."

마키마키는 몇 초쯤 시선을 내리깐 후에,

"하지만 넌 반대야, 아라카와. 지나치게 제멋대로 굴 줄 모른다고."

다시 얼굴을 들더니 날카로운 눈빛으로 나를 쏘아보았다.

"남친한테 욕구가 없다는 건 여친으로선 전혀 좋은 일이 아니거든? 자신이 사랑받고 있다는 실감이 없으면 불안해지고, 메구가 불안해 보이면 키놋치는 상냥하니까 말을 걸고 싶어진다고. 그런 일이 일어나고 있다는 거야, 지금."

"…즉, 내가 나쁘다고?"

"이번 기회에 확실하게 말하겠는데, 그래. 네가 나빠. 반성 좀 해."

"…으음, 그럼, 미안해."

부조리한 추궁에 마음속으로는 화가 부글부글 끓지만, 정면에서 입씨름을 할 용기는 없기에 결국 사과하고 만다. 나는 그런 남자다.

하지만, 으음, 뭐라고 할까.

리얼충 여자가 원하는 수준이 너무 높다.

리얼충 남자로서 사는 건 너무 고생스럽다.

한없이 절망적인 기분이 들었을 때, 문득 메구가 한 말이 떠올랐다.

'연애 같은 거… 잘 이해도 안 가고, 귀찮으니까.'

…그러게.

진심으로 그 말에 동의한다.

아아, 진짜, 너무 귀찮아.

이 특수한 관계는 분명 메구가 아니라면 성립하지 않았겠지. 예를 들어 마키마키의 남친을 연기해야 하는 상황이었다면 나는 지금쯤 이미 기권했을 것이다.

"뭘 실실 쪼개고 있어?"

"…어?"

"나, 이렇게 보여도 진지하게 말하고 있거든?"

"…앗, 미안, 갑자기 메구 생각이 나서."

"엥?"

"잘 설명할 수는 없지만, 나한테 메구는, 레알 천사구나, 라고 말야.”

JPOP의 가사 같은 소리를 하고 말았다.

하지만 이건 내 진심이다.

결코 어디서 빌려온 대사가 아니다. 벚꽃잎이 날리지도 않고, 맛있는 파스타를 만들지도 않고, 가슴속에 있는 게 부부를 초월하는 일도 없다.

뭐, 메구와 만났다는 기적에 감사하고 싶다는 마음은 확실하게 있지만.

아무튼, 요약하자면.

나에게 메구는 레알 천사라는 것이다.

“오~….”

마키마키가 히죽거리며 웃기 시작했다.

“조금 다시 봤어. 아라카와, 의외로 뜨거운걸.”

“고, 고마워.”

“하지만 생각만으론 소용없다는 거 알지? 그런 마음을 말로 표현하지 않으면 메구도 불안감을 느낀다는 거야.”

“…아니, 그건 조금, 쑥스러워서….”

“됐으니까 말하라고.”

“아, 넵.”

느닷없이 목소리 깔아서 위협하는 건 그만 좀 했으면. 진짜로 쫄게 되니까.

“네가 분발해 주지 않으면 나도 너무 곤란해진단 말야.

키놋치가 깔끔하게 단념할 수 있도록, 좀 더, 제대로 둘이서 깨가 쏟아지게 지내 줘. 메구를 좋아하는 마음을 말과 태도 양쪽으로 다 보여주란 말야."

"…아, 알겠습니다. 노력해 보겠습다."

"아, 그리고 하나 더."

아직도 뭐가 남았나?

나는 경계했지만, 그 다음으로 날아온 건 예상치 못한 질문이었다.

"메구 말인데, 혹시 실제로는 노래 잘해?"

"…뭐? 어째서?"

마키마키는 여전히 근접거리에서 잠시 나를 관찰했다.

몇 초 지나 한숨을 푹 내쉬면서,

"미안. 네 반응을 보니까 역시 지나친 생각이었던 것 같네."

벽을 짚고 있던 손을 내렸다.

"아니, 잠깐만. 무슨 소린지 모르겠는데."

"여성 솔로 얘기야. 키놋치가 메구가 하면 좋겠다는 분위기를 풍기는 게 내내 신경이 쓰였거든. 내 인상으로는 메구는 음치였으니까. 그래서 내가 모를 뿐이고, 노래방은 좋아하지 않지만, 합창은 특기라든가, 라는 가능성도 있으려나-, 라고 생각했을 뿐이야."

"…그건, 역시, 가능성이 없어 보이는데."

겉으로는 그렇게 말하면서.

나는 뇌를 풀가동해 키노모토의 언동을 검증했다.

'…거짓말은, 하지 않았으면 좋겠어.'

'할 수 있는데도 못 하는 척하는 건 역시…, 좋지 않은 일이라고 생각하거든.'

그게 만약 메구를 향한 메시지였다면?

마키마키가 피아노 실력을 숨겼듯, 나나코 씨가 3반에서 필요 이상으로 음치인 척을 했듯. 메구도 모종의 이유 때문에 가창력을 숨기고 있고 그 '비밀'을 키노모토만 알고 있는 거라면?

"그러게. 메구에 대해서는 아라카와가 제일 잘 알 테니까. 역시 내 괜한 생각이었나 봐."

아니, 그런 건 아냐. 꼭 그렇다고 단정할 수는 없다고.

나는 모르지만 키노모토는 아는 영역은 분명히 존재한다. 단언할 수 있다.

초등학생 시절의 이야기가 알기 쉬운 예시겠다. 키노모토와 메구가 언제 어디서 어떤 식으로 알게 되었고 어떤 계기로 짝사랑이 싹트게 되었는지, 나는 자세히 알지 못한다. 그것은 메구에게 '전생의 기억'이고 나에게는 '모르는 편이 나은 일'이니까.

이때 문득 깨달았다.

'모르는 편이 나은 일'이구나.

'알고 싶지 않은 일'이 아니라.

"키놋치가 여성 솔로를 메구한테 맡기고 싶어 하는 건 엄청나게 단순한 이유로, 함께 있는 시간을 늘리고 싶어서일 뿐이라고 생각해."

"…그, 그, 그런가?"

"의외야?"

"…아니, 하지만 노래를 잘 하지도 못하는 사람한테 솔로 파트를 담당시키는 건 공사를 구분 못 한다고 할까, 사리사욕이라고 할까."

"뭐래–, 아라카와, 너 대체 얼마나 꽉 막힌 거야? 공무원이야?"

"…이상한 소리를 하진 않았다고 생각하는데."

"이상하진 않지만, 너무 범생이 같은 소리잖아. 존경스러워. 합창대회는 다들 은근히 자기 마음대로 하고 싶은 걸 하고 있잖아. 반 전체의 사정 같은 건 그다지 생각 안 한다고."

"…으음."

마키마키가 말하니 묘한 설득력이 있다.

생각해 보면 합창대회에서 승리를 목표로 하는 건 아무 의미가 없다. 반의 결속을 다진다는 게 가장 큰 목적이니까, 누군가와 친해지기 위해 합창대회를 이용하는 학생이 오히려 더 모범적이라고 말할 수도 있다.

"물론 오타쿠라처럼 극단적인 애는 드물 거라고 생각하지만."

"…그건, 나도 동의해."

"하지만 아라카와는 반대 방향으로 극단적이니까, 좀 더 제멋대로 굴어도 된다고 생각해."

과연, 거기로 이야기가 되돌아가는 건가.

아까와 달리 내 한심함을 공격하는 건 아니라서인지 순순히 충고를 받아들일 수 있었다.

그러고 보면 오타히메한테도 비슷한 말을 듣지 않았던가?

'남한테 민폐를 끼치는지 안 끼치는지, 그것만 생각하다간 인생을 전혀 즐길 수 없지 않을까?'

어깨에 들어갔던 힘이 빠졌다.

시야를 가리던 안개가 걷혔다.

그럼, 기왕이니 한번 생각해 보자.

누군가에게 민폐를 끼치지는 않는가, 라는 개념을 걷어낸다면 나는 지금 어떤 제멋대로인 소리를 할까?

"…알고 싶어."

답은 자연스레 입을 통해 흘러나왔다.

거의 척수반사나 다름없었다.

그렇다. 나는 알고 싶다. 아무것도 모르고 아무것도 알려 하지 않는, 그런 조연인 채로 남아 있는 걸 견딜 수 없다. 거짓말이든 비밀이든 전부 밝혀내고, 전부 아는 내가 되고 싶다.

그래서 나는 물었다.

"…아는 거, 전부 알려줄 수 있어?"

"으응? 뭘?"

"…메구, 그리고 키노모토에 대해서."

마키마키는 잠시 어리둥절한 표정으로 나를 관찰했다.

하지만 묘하게 납득이 간다는 표정으로 고개를 끄덕이더니, 어딘지 만족스러운 웃음을 지었다.

"알았어."

전우에게 보내는 듯한 따뜻한 눈빛으로.

"내가 할 수 있는 일이라면, 협력할게."

멀리서 아직 완성도가 낮은 Holy Night Queen이 들려온다.

나와 마키마키가 연습에 합류하는 건, 미안하지만 조금 더 뒤가 될 것 같다.

❖ ❖ ❖

마키마키는 키노모토에 대해 상당히 흥미로운 정보들을

알려주었다.

하지만 그것들은 힌트에 불과하다.

내가 가장 알고 싶은 건 아직 베일에 가려져 있었다.

만약 내가 리얼충이었다면 아마, 메구에게 직접 물어봤을 것이다.

리얼충의 커뮤니케이션에 터부는 존재하지 않는다. 리얼충의 극에 달해 방송국에 취직한 인간들은 정치가나 운동선수 같은 대단한 사람들의 프라이버시를 무자비하게 파헤친다.

리얼충이 아닌 나로서는 흉내조차 낼 수 없는 곡예다.

그러니 나는 내 나름의 방법으로, 나밖에 하지 못하는 방법으로 목적을 달성해내겠다.

"메구가, 옛날에 아얏삐랑 같은 무대에 섰다고?"

나밖에 하지 못하는 방법이란.

바로 나나코 씨의 힘을 빌리는 것이다.

…단 두 줄 만에 이미 모순이 발생했다는 기분이 들지만, 뭐, 사소한 문제다.

나나코 씨와 나는 미술부 부실에서 얼굴을 맞대고 있다. 합창 연습에 끝나면 평소와 마찬가지로 여기로 이동해서 평소와 마찬가지로 포교활동이 시작되어야 하지만, 예정을 변경해서 특별 방송이 시작되었다는 이야기다.

"그, 그게 무슨 소리야?"

"…순서대로 설명할게."

마음을 진정시키기 위해 한 모금, 또 한 모금, 아이돌 파이브의 한정판매 사이다를 마시면서.

일단 점심때에 다 하지 못한 이야기를 하자.

"오늘 아침에 메구한테 아얏뻬 이야기를 했잖아? 성우 유즈키 아야라는 사람은 전혀 모른다는 분위기였지? 하지만 딱 한 번 묘한 말을 했어."

"앗…. 료타 씨, 그거 혹시…."

"혹시?"

"으음, 그거, 아얏뻬의…, 본명?"

"…눈치챘구나, 나나코 씨도."

딱히 놀라지는 않는다.

같은 애니를 몇 번이나 반복해서 보는 인간은 대사의 미묘한 차이에 엄청나게 민감하다.

'만약 기억한다면, 나나코랑 같이 축하해 줘. 오늘의 경축! 야마자키 아야 오신 날! 같은 느낌으로, 카미이 메구 오신 날! 이라고.'

워낙 많은 일들이 있어서 그 자리에서 지적할 수는 없었지만.

메구는 틀림없이 야마자키 아야라는 이름을 말했다.

"으, 응…. 하지만 나는 내가 잘못 들었다고 생각하고 넘어갔는데."

"뭐, 마음은 이해해. 실제로 나도 이래저래 타이밍을 놓쳐 버렸으니 이대로 넘어가려고 생각했거든."

고찰반은 가끔 지나치게 깊게 생각하는 경향이 있다. 엉뚱한 방향으로 망상을 폭주시켜 SNS에서 지나치게 참신한 개념을 제창했다가, 최종적으로 '각본 쓴 사람이 거기까진 생각하지 않을 거야'라는 진지한 충고를 듣게 된다.

무턱대고 아무거나 지적한다고 다 좋은 건 아니다.

정보를 취사 선택해서, 파고들 필요가 없는 부분은 그냥 넘긴다.

즉, 그게 정석이라는 소리인데,

"…하지만 조금 마음이 바뀌었어."

알고 있다.

내 태도에는 일관성이 없다.

"메구가 숨기는 부분까지 전부 알고 싶어졌어. 사소한 힌트까지 전부 긁어모아서, 모든 가능성을 검증하고 또 검증해서, 그렇게 무슨 수를 써서라도 진짜 메구를 찾아내고 싶다는 생각이 들었거든."

하지만 분명 이게 최종적인 답이다.

망설임의 시간은 이제 끝났다.

"그렇구나."

각오를 굳힌 나를 향해서,

"응. 그게 좋겠어."

나나코 씨는 긍정의 말을 보내주었다.

"…여자로서 그런 반응을 해도 괜찮겠어? 나도 스토커 같은 소리라는 건 자각하고 있는데."

"그야, 료타 씨는, 메구의 남친이니까."

"…아니, 그건."

반사적으로 부정의 말이 떠올랐지만, 나는 꾹 삼켰다.

"…그래, 맞아. 나는 메구의 남친이니까."

"응. 그러니까, 그거면 좋다고 생각해."

나나코 씨는 만족스러운 표정이었다.

돌이켜보면, 며칠 전에 필요 이상으로 파고들지 않겠다는 정반대 취지의 말을 했을 때는 너무나 불만스러워 보였다.

고대의 미소녀 연애 시뮬레이션 게임(미연시)으로 예를 들자면, 선택지를 잘못 골라 배드엔딩을 본 후에 세이브 데이터를 로드해 다른 루트를 고르면서 '이번에야말로 트루 엔딩을 볼 수 있지 않을까?'라고 직감하는 것과 비슷한 기분이다.

"게다가…."

"게다가?"

"앗…. 으음, 그게…."

나나코 씨는 뭔가를 말하려다가 갑자기 입을 다물고, 시선을 여기저기 헤매듯 움직였다.

"…왜 그래?"

"여, 역시 이야기가 길어질 것 같으니까, 나중에 할게. 내가 할 말보다, 지금은 료타 씨가 이야기해야지!"

"어? 으, 응. 그러게. 확실히 꽤 탈선해 버렸네."

솔직히 왜 그러는지 잘 모르겠지만, 이해했다고 치자.

원래의 주제로 돌아가서.

기분을 가다듬고 나는 가설 검증작업을 재개했다.

"아무튼 메구는 아얏삐의 본명을 알고 있었어. 알면서도 안다는 사실 자체를 숨기려 했지. 이유가 뭐라고 생각해?"

"으, 으음…. 실은 메구가, 아얏삐의 광팬이라서?"

"뭐, 나도 처음에는 그 가능성을 생각했어."

"그렇게 말한다면 오답이 확실하겠네…."

"아니, 그야 만에 하나 그렇다 쳐도 우리한테 숨길 이유가 없잖아. 더 나아가선 다른 사람한테도 숨길 이유가 없어. 키노모토도 마키마키도 성우를 좋아한다는 이유만으로 오타쿠를 박해할 사람은 아니니까."

요즘 시대에, 도쿄의 고등학교에서 리얼충 여자가 오타쿠 취미를 숨기는 건 아무 의미가 없다.

10년 전 러브코미디 같은 스토리는, 이젠 시즈오카에서밖에 성립하지 않는다.

뭐, 다른 사람도 아닌 메구니까 여러 가지 사정을 고려해 리얼충쪽 인간에게는 입을 다무는 편이 낫겠다고 판단했을 수도 있지만, 우리한테까지 숨길 필요가 있을 것 같지는 않다. 포교활동에 참가하지 않는 것도 이해가 안 가고. 메구가 아얏삐의 숨은 광팬이었다면 나나코 씨와 마찬가지로 미술부 부실에서, 끝없는 사랑을 늘어놓았겠지.

그보다, 나는 이렇게 생각했다.

메구가 숨기려는 건 분명,

'어떤 의미로는 고교 데뷔라는 감각으로, 다른 사람으로 다시 태어났으니까.'

현재가 아니라.

'전생의 기억 따위는 떠올리기 싫은 게 당연하잖아.'

…과거다.

"아얏삐는 유즈키 아야로 데뷔한 이후엔 야마자키 아야란 이름으로 활동한 시기에 대해 거의 언급하지 않아. 그러니까 그 이름이 툭 나온 건 아역 시절에 실제로 인연이 있었던 관계자여서가 아닐까 생각했다는 거지."

"관계자?"

"예를 들면, 텔레비전 방송에서 함께 무대에 섰다거나."

"뭐, 뭔가, 갑자기 이야기가 커진 듯한데."

"…일단 근거는 있어."

나나코 씨의 반응은 시원치 않았다.

뭐, 하지만 그것도 당연하다고 생각한다.

이 가설을 성립시키려면 확정된 정보가 여럿 필요한데, 그것들은 전부 내가 나나코 씨가 없는 장소에서 들었으니까.

그 첫 번째.

'초등학생 시절부터, 내내 좋아해 온 사람이 있어.'

'…얼마 전에 차였지만.'

적어도 나로서는 이 마음이 경박하고 무게감 없는, 그런 얄팍한 것이라는 생각은 들지 않는다.

그 두 번째.

'키놋치는 딱히 나만 좋아하진 않았다니까. 중학교에서도 당연하게 여자친구가 있었던 모양이고, 고등학교 때도 여름방학이나 겨울방학 같은 이벤트가 있을 때마다 갈아탄다는 느낌이거든?'

메구의 증언은 내가 가진 인상과 모순된다.

그럼 둘 중 한 쪽이 거짓말을 하고 있다는 게 되나?

아니면 둘 다 진실을 말하고 있고, 양쪽 다 모순되지 않게 성립하는 조건이 있는데 그걸 놓치고 있나?

그 세 번째.

'예전에 키놋치랑 몇 번 만난 적이 있기는 해. 둘 다 초등학생이던 시절에.'

'…같은 초등학교를 다녔다든가 근처에 살았던 게 아니

라?'

'아–, 응. 그런 건 아니고, 부모끼리의 친분? 비슷한 거야.'

초등학생 시절의 메구와 키노모토를 연결해준 건 부모 사이의 관계성.

만약 이게 완전히 끊어진다면, 이들 사이의 관계성도 안타깝지만 완전히 끊어지게 될 것이다.

그 네 번째.

…이건 1시간쯤 전에 들은 신규 정보다.

"저, 정말로, 그 가합전?"

"그래. 민영방송국의 패러디 따위가 아니라, 정말로 그 가합전이야."

낯선 장소에 끌려나온 작은 동물처럼 나나코 씨는 몇 번이나 눈을 깜빡였다.

1시간쯤 전에 이 이야기를 마키마키에게 들었을 때는, 내 반응도 똑같았다는 기분이 든다.

"키노모토의 아버지는 방송국 프로듀서고 그 유명한 연말의 가합전에도 관여하는 사람이래."

"그, 그랬구나, 대단하네…."

"하지만 어쩐지 고개가 끄덕여지지 않아?"

"뭐가?"

"키노모토한테서 뿜어져 나오는 리얼충 오라. 그건 이

미 태어나고 자란 환경부터가 달랐던 거야. 귤 농가의 아들로 태어나서 시즈오카 벽지에서 자란 촌뜨기가 노력해서 얻을 수 있는 게 아니라고."

"그, 그건, 자, 잘 모르겠어."

"…뭐, 그건 넘어가고."

뒤틀린 심기를 폭발시킬 때가 아니다.

여기까지 왔으면, 조금만 더 가면, 진실에 손이 닿을 것 같으니까.

"생각해 봐, 메구도 키노모토처럼 리얼충 오라를 발산하지?"

"으, 응."

"부모끼리 친분이 있다는 말을 했으니까, 즉 메구 본인도 방송국이나 연예계 관계자라는 게 되잖아?"

"뭐?"

"그렇다면 메구도 실은 초등학생 때 아역 활동 같은 걸 했고, 본명을 아는 이유도 그때 아얏삐랑 같은 무대에 섰기 때문이 아닐까, 라는 가설이 성립한다는 거야."

"자, 잠깐만 기다려 봐, 료타 씨."

조금 당황한 낌새로 나나코 씨가 스톱을 외쳤다.

"…왜?"

"아니, 으음, 저기, 응? 무슨 말을 하고 싶은지는, 대충, 알겠는데."

"…응."

"이래저래, 지나치게 엉성하다고 생각해."

"…그래?"

"응."

작은 목소리로, 하지만 강하게.

나나코 씨는 내 가설을 부정했다.

"도중까지는, 앗, 그랬구나, 라고 생각하면서 들었는데…. 도중부터는, 완전히, 단순한 망상이었어…. 얇은 책을 너무 읽다가 공식이랑 2차 창작 설정을 구별하지 못하고 뒤죽박죽된 사람처럼…."

"그, 그랬구나."

"으음~, 하지만…."

냉정한 평가에 나는 대답할 말을 찾지 못하고 침묵했다.

한편 나나코 씨도 음음 하고 신음하면서 뭔가를 고민하고 있었다.

"으음, 그게, 말이지?"

"…응."

"정말로, 도중까지는 료타 씨의 추리가, 잘 맞았다고 생각해. 메구가 예전에, 아얏삐랑 직접 만난 적이 있었을지도 모른다든가. 하지만, 그 다음에, 아역 얘기라든가 함께 무대에 섰다는가 하는 이야기로 날아가는 건, 역시 조금 무리가 있는 것 같아."

"…넵."

"키노모토의 아버지랑, 메구의 아버지가, 정말로 일 때문에 아는 관계인지도 확실하지 않잖아? 으음, 예를 들어, 취미로 알게 된 친구일지도, 모르는데."

"…넵."

두 무릎 위에 손을 얹고.

등을 곧게 펴고서.

그저 진지하게, 나나코 씨가 하는 말을 듣는다.

"…어라?"

그러다가 문득 깨닫고 말았다.

"왜 그래?"

"…아아, 아니, 으음, 응. 이거 말해도 되는 얘기인지 상당히 미묘하긴 한데."

"으, 응."

"…메구한테는, 아버지가 안 계셔."

나나코 씨한테 공유하지 않았던 정보.

나 혼자만 알지만, 내용이 내용이기에 누구에게도 말하려 하지 않았던 정보.

'…그런데 아버지는?'

'아–, 없어, 우리 집은 엄마랑 나 둘이서만 살거든. 남자 옷이 있었다면 그걸 줬을 텐데.'

노래방에서 돌아오는 길에 메구랑 둘만 남아, 공원에서

반코네 굿즈를 불태우던 나나코 씨를 발견하고, 불씨가 날아와 내 머리카락이 홀랑 타고, 연못에 뛰어드는 바람에 온몸이 흠뻑 젖어, 거의 처음 알게 된 날에 메구네 집에서 샤워를 해버린, 바로 그 날.

나는 본의 아니게 알게 되었다.

"이혼 때문인지 돌아가셨는지까진 듣지 못했지만. 아무튼 지금 메구는 어머니랑 둘이서 살아서 집에는 남자 옷이 하나도 없어."

설명하는 도중에 나는 새삼 깨달았다.

"…아, 그렇구나."

좀 더 이른 단계에 깨달아야 했을지도 모르는 일.

적어도, 아얏삐의 무대 파트너 가설보다는 진실에 가까울 듯한, 이 가능성을.

"그 타이밍에, 메구랑 키노모토도 부모 간에 인연이 끊어졌겠네."

말하고 나면 심플하기 그지없다.

메구의 아버지와 키노모토의 아버지 사이에 뭔가 접점이 있었고.

초등학생 시절의 메구와, 초등학생 사이의 키노모토가 그 자리에서 만났다.

하지만 메구는 어머니와 둘만의 생활을 시작하게 되었다.

관계성은 단절되었다.

키노모토는 아련한 첫사랑을, 제대로 마무리할 수조차 없었다.

그래서 중학생 시절의 키노모토는, 여자한테 고백을 받아서 사귀었다가 3달만에 헤어지는 일을 반복하게 되었다.

"…그런 거였구나."

말하고 나면 심플한 이야기다.

재미도 없고 흥미롭지도 않은, 흔한 이야기.

조용히, 그리고 천천히 한숨을 내쉬었다. 냉정함을 되찾은 머리로 아까까지의 자신을 돌아보았다.

"…나, 완전히 바보 같아."

고찰반은 가끔 지나치게 깊게 생각하는 경향이 있다. 엉뚱한 방향으로 망상을 폭주시켜 SNS에서 지나치게 참신한 개념을 제창했다가, 최종적으로 '각본 쓴 사람이 거기까진 생각하지 않을 거야, 괜찮은 병원 소개시켜 줄까, 완치는 어려울지도 모르지만 응원할게'라는 진지한 충고를 듣게 된다.

오늘의 내가 딱 그 꼴이다.

허점투성이 가설을 의기양양한 표정으로 늘어놓고,

당연하게도 너무 엉성하다는 지적을 받고,

소중한 포교활동 시간을 깎아가면서까지 나는 뭘 하고 있는 걸까?

"…갑자기, 아얏삐랑은 아무 상관이 없다는 기분이 들기 시작했어. 사소한 말실수를 과대해석해서, 외부인 주제에 멋대로 소동을 피웠을 뿐이야."

진정하자.

머리를 식히자.

애초에 난 뭘 하고 싶었던 거지?

메구의 비밀을 풀고 싶어서, 아얏삐와의 관계가 최대의 열쇠라고 믿고, 그거라면 분명 나나코 씨의 협력이 꼭 필요하다고 생각해 상담을 요청했다.

지금 생각하면 웃음밖에 안 나온다.

판단 미스도 이런 판단 미스가 없다.

이것은 1에서 100까지 리얼충들의 문제이고, 거기에 오타쿠쪽 인간인 나나코 씨를 끌어들여 봐야 아무 의미가 없다. 누구도 득을 보지 못한다. 즉, 최악이다.

"미안해, 나나코 씨."

일단 성심성의껏 사과하자.

"이건 역시 나랑 메구의 문제니까, 나나코 씨한테 상담하는 의미가…."

"기다려 봐."

"…응?"

"기다려 봐, 잠깐만, 잠깐만."

어중간하게 손바닥을 펼쳐서 어중간하게 내 쪽으로 뻗

고는 '잠깐만'이라는 말만 반복한다. 치사량의 존귀함을 단숨에 섭취하는 상황처럼 뭔가 이유가 있어 오타쿠가 어휘력을 잃었을 때 보이는 전형적인 리액션이다.

하지만 어째서 지금, 이 타이밍에 그렇게 되는지 모르겠다.

"이혼…. 어머니…. 중학생…. 가합전…. 아얏삐…."

나나코 씨는 간신히 들릴까 말까 한 음량으로 뭔가를 중얼거리고 있다.

이런 말은 실례일지도 모르겠지만, 조금 으스스하다.

"…왜, 왜 그래?"

"료타 씨."

나나코 씨가 내 눈을 바라보았다.

"나, 메구의 비밀, 알아낸 걸지도 몰라."

혼이 빠져나간 것처럼, 입을 반쯤 벌린 채로.

1초에 다섯 번 정도는 눈을 깜빡거리면서.

나나코 씨는 내 눈을 바라보며, 그렇게 중얼거렸다.

4장
일요일의
가희

약속 장소에 나타난 사람은, 천사였다.

뭔가 엄청 세련된 셔츠 위에 뭔가 엄청 세련된 재킷을 입고, 뭔가 엄청 세련된 가방을 들고 있다. 캐주얼한 쇼트 팬츠를 입어서 살색 노출도가 상당하지만, 시골의 날라리 여학생 같은 분위기는 아니다. 어느 쪽인가 하면 도심의 뭔가 엄청 세련된 아가씨다.

"료타, 미안해. 조금 늦었지."

"…아, 아냐. 전혀 문제 없어."

리얼충 여자의 오라에 눈이 멀 것 같다.

오늘의 메구는 평소보다 엄청난 레알 천사였다.

이제는 교복 차림에는 익숙해졌지만, 사복 차림은 아직 두 번밖에 못 봤는데, 저번에는 상황이 특수했으니 노 카운트로 치면 실질적으로 지금이 처음이다.

솔직히 좀 방심했다.

설마 이 정도로 레벨이 높을 줄은 몰랐다.

지금부터 패션 잡지 스냅 촬영을 시작하겠습니다, 라는 소리가 나와도 납득할 수 있을 정도다. 관계자 이외에는 출입 금지입니다, 방해되니까 가까이 오지 마세요, 아니,

흘끔흘끔 쳐다보지도 말라고-, 저쪽으로 가, 돌아가, 돌아가, 라는 환청이 들린다.

하지만 오늘, 이제부터 시작될 것은,

"데이트구나."

"…아, 아아, 응."

"어-, 너무 긴장하는 거 아냐? 언제나 수업 끝나면 함께 집에 가잖아."

"역시, 평소랑은, 조금, 다르다고, 할까."

그렇다.

나랑 메구는 알게 된 지 3주, 커플 관계가 된 지 2주가 지났지만.

일요일에는 처음 만난다.

사복으로도 처음 만난다.

이런 상황에서 위축되지 않는 성격이었다면 나는 별다른 고생도 하지 않고 한참 전에 리얼충의 일원이 된다는 목표를 달성했을 것이다.

"으음-. 뭐가 어떻게 다른데?"

"…뭔가, 엄청, 세련되어 보여."

메구는 한순간 어리둥절한 표정을 짓더니,

"그건 너무 대충이잖아. 재밌어."

그렇게 말하고 웃었다.

"그보다 그 말은 평소에는 세련되지 않다는 뜻이잖아.

우와, 갑자기 디스당해 버렸어."

"앗, 아냐, 딱히, 그런 의미는."

"아하하. 혹시나 말해 두겠는데, 알고 있거든?"

"…그, 그렇구나. 그럼 다행이야."

요일이나 복장이 바뀌어도 나와 메구의 관계성은 크게 변하지 않는다. 대화의 9할은 메구가 주도하고, 둘 다 거기에 문제가 있다고는 생각하지 않는다.

단, 오늘은 딱 하나만 다른 점이 있다.

"그런데 장소는 아직도 비밀이야?"

"…응. 아직, 비밀이야."

"그렇구나~. 나를 어디로 데려가려는 걸까? 엄청 두근거려."

여유롭게 웃는 메구.

이제부터 어디서 뭘 하려는지 메구는 모른다. 내가 주도해서 비장의 계획을 세워놓을 테니 기대하라고만 전해 뒀다.

일반적인 리얼충 고등학생 커플이라면 데이트 플랜은 짜는 쪽은 남자여야 하는 법이다.

이런 서프라이즈로 여친을 기쁘게 해주는 건 당연히 할 일이자, 당연히 해내야 하는 일이다. 아니면 그런 것도 똑바로 못 하는 폐급 인간이랑은 헤어져 버려, 라는 게 된다.

그러니까, 아마 메구는 아무것도 의심하지 않는다. 일

반적인 리얼충 고등학생 커플이 할 법한, 일반적인 리얼충 고등학생 데이트를 할 거라고 믿고 있다.

내가 준비한 플랜은 아마 그 기대를 배신하는 행위일 것이다.

내가 쓰려는 수는 아마 최적과는 거리가 먼 악수일 것이다.

…그건 이해하고 있다.

하지만 나는 이미 각오를 끝냈다.

여기까지 왔으면, 이제 와서 돌아갈 수는 없다.

"여긴, 노래방인데?"

카운터 앞 로비에서 메구가 이상하다는 듯이 물었다.

"전에도 말하지 않았어? 나는 노래…."

"물론 나도 알아."

그런 반응은 미리 예상하고 있었다.

"…하지만 오늘 온 곳은, 평범한 점포가 아니라 조금 특수한 곳이거든."

"음-, 확실히, 조금 호화로운 느낌이 들기는 하는데."

메구가 로비 전체를 둘러보았다.

동양풍 인테리어에 향 같은 것도 피워, 엄청 세련되고 어른스러운 분위기였다. 그래서인지 요금도 다른 노래방과 비교하면 '조금 호화로운 느낌'이라 고등학생의 지갑

사정으로는 사실 조금 버겁다.

뭐, 실제로도 데이트 스팟으로 쓰기엔 적절할지도 모르겠지만.

이 가게를 선택한 이유는 따로 있다.

명물 허니 토스트를 먹고 싶어서도 아니다.

"콜라보 룸을 예약했는데요, 이름은 아라카와고요."

"아라카와 님이시군요. 확인하는 동안 잠시 기다려 주세요."

이 점포는 수시로 애니나 게임과 콜라보레이션 기획을 실시한다.

나는 예전에 딱 한 번 이 점포를 이용한 적이 있다.

작년 봄에, OTA단 사람들이랑 아이돌 파이브 콜라보 기간에.

시즈오카에서 갓 상경한 나는, 도시의 노래방은 진짜 대단하다며 컬처 쇼크를 받았다. 참고로 나나코 씨는 그 전에 이미 세 번쯤 혼자 와봤다면서 기쁜 표정으로 이것저것 해설해 주었다.

다시 말해, 오타쿠에게 최적화된 노래방이다.

물론 리얼충은 절대로 이용하지 않는다는 건 아니지만.

메구의 수비범위는 벗어나 있을 것이다.

"콜라보 룸이라는 게, 뭐야?"

"…뭐, 말로 설명하기보단 실제로 보는 편이 빠를 거야."

"아라카와 님, 오래 기다리셨습니다."

카운터의 점원이 상쾌하게 웃으며 말했다.

"유즈키 아야 콜라보 룸, 준비가 되었으니 안내해 드리겠습니다."

그 이름을 들은 순간.

메구의 눈이, 아주 약간 크게 뜨였다.

❖ ❖ ❖

콜라보 룸은 아무튼 처음 본 순간의 임팩트가 대단하다.

여섯 명이 들어가면 꽉 찰 것 같은 방의 한쪽 벽에서, 아키하바라 역 앞 간판 같은 크기의 초거대 아얏삐가 맞이해주고 있으니까.

실내의 기본 안내 음성도 본인이 직접 녹음한 목소리다.

[PANDA 노래방에 와주신 여러분, 안녕하세요. 유즈키 아야입니다. 이번에는 제 솔로 앨범 발매를 기념해서, 빠밤-! 콜라보 기획을 개최하게 되었답니다! 짝짝짝-, 박수-!]

뭐, 대략 이런 느낌이다.

개인적으로는 멋진 공간이라고 생각하지만, 동의도 구하지 않고 끌려온다면, 불편하게 느낄 사람도 적지 않으리라.

…바로 지금의 메구처럼.

"설명 부탁해도 될까?"

평소의 졸린 눈으로 메구는 나를 바라보았다.

"이거, 어떻게 된 거야?"

그 말투는 다소 짜증이 난 것처럼 느껴졌다.

뭐, 당연한 반응이기는 하다. 우연찮은 기회로 리얼충 여자랑 데이트를 하게 된 오타쿠 남자가 자신의 필드에서 싸워보겠다는 마음으로 아키하바라나 코미케 따위를 안내했더니 엄청나게 기뻐해 주었다, 같은 시나리오는 2차원에서나 성립한다.

그러니 장소를 선택한 시점에 이미 악수라는 건 확정이었다, 악수 중에서도 최악의 수다.

상식적으로 생각하면 이미 데이트 자체가 성립할 수 없는 상황이다.

하지만 그건 큰 문제가 아니다. 오늘의 목적, 진짜 목적은 즐겁게 데이트를 하는 것 따위가 아니니까.

"메구는 감이 좋으니까 이미 알아차렸을 거라고 생각하지만."

일단은 사과부터.

"미안해. 이래저래, 좀 알아봤어."

시선이 교차했다.

둘 다 입을 열지 않고, 실내에서는,

[이번에는 앨범의 수록곡을 이미지로 만든 스페셜 메뉴도 준비….]

아얏뻬의 목소리만 흘러나오고 있다.

"메구는 이 사람을 예전부터 알고 있었지?"

"…왜 그렇게 생각해?"

"본명으로 불렀거든. 딱 한 번, 무심결에."

"앗, 거짓말."

안타깝지만 거짓말이 아니다.

이 국면에서 그런 연기를 할 수 있을 정도로 내 심장은 튼튼하지 않다.

"성우의 본명이라는 건 보통 언급되는 일이 없어. 오타쿠 중에서도 나나코 씨 같은 코어팬을 제외하면 유즈키 아야라는 이름밖에 몰라. 야마자키 아야라는 이름을 아는 사람은 아역 시절까지 거슬러 올라가 자료 수집을 하는 코어팬이거나, 그게 아니라면 현실에서 접점이 있었던 사람이겠지."

이틀 전.

내 추리만으로는 여기까지밖에 도달할 수 없었다.

이 다음부터는 정말로 근거 없는 망상에 불과했다.

"야마자키 아야는 8년 전에 일단 연예계를 은퇴했어. 그리고 그로부터 5년이 지나 성우 유즈키 아야로 다시 데뷔하게 되었지."

하지만 오늘.

이 다음 이야기를 위한 카드를 나는 이미 준비해 두었다.

"나도 그 5년 동안 무슨 일이 있었는지는 전혀 몰랐어. 인터넷을 아무리 뒤져도 화장실 낙서 같은 수상한 소문밖에 없었거든."

[이 앨범엔 애니메이션 주제가도 잔뜩 실려 있지만….]

"…하지만 나나코 씨는 알고 있더라고."

[놀라지 마세요! 난생 처음으로 엔카*에도 도전해 봤어요. 아아~, 하아아~, 하고 꺾기를 넣는 게 어려워서….]

"…이거, 거짓말이지?"

실내 안내 음성의 내용을 들으며, 나는 메구에게 물었다.

"사실은 엔카 가수가 되려고 메구의 어머니한테 제자로 들어가 있었지?"

❖ ❖ ❖

'…그 이야기, 어디까지 신용할 수 있는 거야?'

어제 방과 후.

나나코 씨가 알려준 비공개 정보는,

* 일본의 성인가요. 한국의 트로트와 달리 애잔한 곡이 주류다.

‘야마자키 아야가 은퇴한 이유는 엔카 가수가 되기 위해서? 그리고 스승은 그 유명한 나카모리 사치요라고?’

솔직히 말하자면 조금 미심쩍은 이야기였다.

‘…나나코 씨.’

‘으, 응.’

‘이렇게 말하긴 미안하지만, 뭐랄까, 완전히 주간지의 찌라시 기사 같아.’

‘역시 그렇게 생각하는구나.….’

나나코 씨는 난처한 표정으로 웃으면서,

‘하지만, 확실한 근거가 있거든.’

그렇게 단언했다.

말투와 표정에서 묘한 자신감이 느껴졌다.

뭐, 그렇게까지 말한다면 시작부터 거짓말이라고 단정하지는 말자. 마지막까지 듣고 나서 판단하면 되지, 라는 마음을 먹었을 때,

‘으음, 일단…, 이게.’

‘응, 이게 뭔데?’

‘SNS의 비밀 계정을, 백업해둔 거야.’

‘…네?’

‘전부 읽으려면 시간이 많이 걸리니까, 중요한 부분만 캡처한 스크린샷을 보여줄게. 첫 번째는 방 사진인데, 여기에 탁상 달력이….’

'스톱, 스톱, 스토옵!'

기절할 정도로 자세한 설명이 시작되기에 일단 허둥지둥 제지했다.

'오해가 있으면 곤란하니까 제대로 확인해두고 싶은데, 으음, 이거 설마, 아얏삐의 비밀 SNS 계정…이야?'

'응, 실은 그 설마야.'

'아, 아니, 아니아니. 그런 걸 어떻게 알아냈어?'

'그건, 으음…, 기, 기합으로?'

'와…. 갑자기 분위기 근성론이라니.'

기합 만능설.

기합만 있으면 뭐든 이룰 수 있다.

제발 그런 건 참아 줘. 수십 년쯤 전에 양산되던 조악한 로봇 애니의 주인공 같은 소리는 제발 하지 말자고.

'앗, 하지만 무작정 기합만으로 찾을 수 있는 건 아니거든? 검색에 노하우가 필요하니까, 그걸 모르면 아마 무리일 거야.'

'어떤 테크닉인데?'

'으음, 간단히 말하자면….'

별 생각 없이 한 내 질문에, 나나코 씨는 막힘없이 술술 대답했다.

뭐라고 할까, 그건 마치 사생팬의 슈퍼 테크닉 모음집 같았다.

'일단 가족이 실명으로 계정을 갖고 있는지….'

'인터뷰 기사 같은 걸 참고해서, 적당히 후보군을….'

'백수가 아닌 사람은 글 올리는 시간에 규칙성이 있는데….'

'친구의 친구 같은 사람에서부터 차근차근 거슬러 올라가….'

'밖에서 찍은 사진이 한 장이라도 있다면….'

'만약 회사 이름을 알고 있다면….'

'날씨 화제도 힌트로….'

'프로텍트 계정일 경우에도….'

'유용한 앱이….'

응.

SNS가 이렇게 무섭습니다.

뭐, 제일 무서운 건,

'대충, 이런 정도쯤이려나. 에헤헤헤.'

이런 느낌으로 내내 웃으며 말하는, 나나코 씨일지도 모르지만.

아무튼 나는 인정하지 않을 수 없었다.

나나코 씨가 가진 정보는 전부 진짜고, 나나코 씨가 생각하는 가설은 한없이 진실에 가깝다고.

'아얏뻬는 진지하게 엔카 가수가 되겠다는 목표를 가지

고 있었어. 나카모리 사치요 씨의 제자가 되어서 피나는 연습을 하고, 데뷔 예정까지 잡혀 있었던 것 같아.'

'…하지만 그 예정이 취소되어 버렸구나.'

'응. 아마…, 이혼 스캔들의 영향을 받았을 거야.'

'…너무 부조리하네.'

복잡한 마음을 안고서 3년 전의 동영상을 검색했다.

나카모리 사치요는 베테랑급 엔카 가수다.

4년 전까지는 연말에 방송되는 가합전에도 매년 출연했다.

하지만 3년 전에 사태가 급변했다. 대형 연예기획사의 임원인 남편과 이혼한 것을 계기로, 사실상 텔레비전과 같은 큰 무대에서 모습을 감춰 버린 것이다.

일본인은 이런 뉴스를 엄청나게 좋아한다.

스캔들에 편승해, 자신들은 정의의 편에 서서 누군가를 철저하게 때려눕힌다. 그런 게 즐거워서 견딜 수가 없다.

작년 6월에는 아이돌 파이브쪽으로도 비슷한 현상이 관측되었지만, 그건 결코 오타쿠만의 문제가 아니다. 오히려 이런 짓은 리얼충들이 원조였던 게 오타쿠 업계에 수입되었다고 하는 게 맞겠다.

'…이건가?'

스마트폰으로 영상을 재생했다.

3년 전에 텔레비전에서 방송된, 와이드쇼.

[이쪽 부부에는 중학생인 딸이 한 명 있는데요, 친권은 나카모리 씨가 가져가게 되었다고 합니다.]

[중학생? 어머나~, 민감한 시기인데~. 불쌍하네~.]

[자택 앞에 취재진이 진을 치고 있어서인지 집에서 한 걸음도 나오지 않고, 오늘은 학교를 쉬었다고 합니다.]

[저런~. 그래도 그러면 안 되지~, 학교를 빼먹으면 쓰나~.]

[하지만 이렇게 스캔들이 크게 터졌으니 학교에 가도 따돌림을 당할 것 같긴 하네요.]

[어머나~, 불쌍해라~.]

스튜디오에 앉은 출연자들이 제멋대로 지껄여대고 있다.

배경에는 커튼 틈으로 얼굴을 내민 중학생 소녀의 모습이 떠 있었다. 모자이크 처리되어 있으니 표정까지는 읽을 수 없지만, 어쩐지 집 앞까지 밀려든 보도진을 노려보는 인상을 받았다.

'찾았어, 료타 씨.'

'…이게 뭐야?'

'키노모토네 아버지가 5년 전에 쓴 블로그야.'

'…벌써 찾았다고? 검색 시작한 지 아직 10분밖에 안 지났는데….'

야얏뻬 건으로 감각이 마비되어서 놀라지는 않았다. 그저 감탄만 나올 뿐이다.

'으음, 그럼 이 일기를 읽어 볼래?'

'…홈 파티?'

'응. 진짜 엄청나. 그야 이름은 가려뒀지만, 키노모토네 집에 연예인이, 잔뜩 왔던 모양이야.'

'…방송국 프로듀서는 그런 것도 하는구나.'

다른 세계를 엿보는 감각으로 일기를 읽어나갔다.

문장 사이사이에 끼워진 사진에는 인물이 거의 없다. 연예인의 초상권은 여러모로 귀찮은 문제가 있겠지. 그 대신 천장의 샹들리에라든가 출장을 나온 초밥 장인이라든가 초콜릿 퐁듀처럼 대놓고 셀럽들의 회합이라는 느낌을 주는 사진이 가득했다.

'…응?'

일기를 거의 다 읽어갈 때쯤, 사진 한 장에 시선이 갔다.

살짝 긴장한 듯한 소년과 다소곳하게 앉아 있는 소녀. 나이는 둘 다 초등학교 고학년 정도. 어른 얼굴은 숨겨야 하지만 아이 얼굴이라면 괜찮다, 라는 판단기준일까?

'…앗.'

당연히, 깨달았다.

이제는 설명할 필요조차 없었다.

하지만 방송국 프로듀서는 전혀 설명할 필요가 없는 영상에도 자막을 넣으려 드는 직업이니, 당연하다는 듯이

과도한 설명이 덧붙여져 있었다.

슬슬 아들녀석도 이성에 눈뜰 나이가 된 걸까요?!?!?!

아무래도 삿치의 따님에게 첫눈에 반해버린 모양입니다(웃음)

❖ ❖ ❖

“…초등학생 시절에는, 나카모리 메구라는 이름이었던 거지?”

이건 질문이 아니다.

단순한 답 맞추기다.

“…그리고 중학생 때, 카지이 메구가 되었고.”

나카모리 사치요라는 예명은 원래 본명이었다고 한다.

이혼하면서 성이 바뀌었지만 기왕 잘 알려진 이름이기도 하니 활동할 때는 유지하기로 결정한 모양이다.

하지만 딸에게는 그런 선택지가 존재하지 않는다.

자동적으로 성이 바뀌고, 학교의 모든 사람이 그 이유를 안다.

아마 그 시점에 집단 따돌림의 표적이 될 조건은 완벽하게 갖추어졌을 것이다. 이 녀석은 마음껏 공격해도 된다는 대의명분만 만들어지면, 언제 공격이 시작되어도 이상할 게 없다. 대의명분이라고 해봐야 ‘나는 ××를 좋아하는데 ××는 메구를 좋아한다'라는 트집 잡기 수준이지만.

어느 쪽이든 메구가 궁지에 몰렸으리라는 건 의심할 여지가 없었다.

"응, 죽고 싶었어."

그 말이 가진 무게감은 대체 어느 정도였을까.

상상만으로도 기분이 바닥까지 잠겨간다.

"그래서 고등학교는 같은 중학교 출신이 한 명도 없는 츠쿠모 학원으로 와서, 같은 일이 반복되지 않도록, 한 명도 적을 만들지 않도록 노력해 왔어."

"어떤 의미로는 고교 데뷔라는 감각으로, 다른 사람으로 다시 태어났으니까. 전생의 기억 따위는 떠올리기 싫은 게 당연하잖아."

메구는 자위책을 강구했다.

다른 사람으로 다시 태어났다.

하지만 한 가지 오산이 있었다.

츠쿠모 학원에 키노모토가 있었던 것이다.

"…키노모토도 처음에는 눈치채지 못했을 거야. 반도 다르고 성도 다르니까. 게다가 메구 쪽에서 되도록 접촉을 피하려 했을 테고."

마키마키의 정보에 따르면, 키노모토가 메구를 좋아하게 된 건 아마도 3학기 전반. 겨울방학 전용 여친이랑 헤어진 후다.

아마 그 타이밍에 들켜버렸던 거겠지.

그리고 그때 약속했을 것이다.

'그러니까 키놋치도, 예전 일은 잊어 줘.'

'최악의 경우엔 잊지 않아도 괜찮지만, 누구한테도 말하지 말아 줘. 우리만의 비밀로 해줘. 계속 그렇게 하기로 약속했잖아.'

메구는 과거를 잊고 싶었다.

그래서 나에게조차 말하려 하지 않았다.

나 이외에는 알려지면 안 되는 비밀과, 키노모토 이외에는 알려지면 안 되는 비밀. 이 두 개의 제약을 동시에 안고서 메구는 고교 생활을 보내고 있었다.

이쯤 되면 거짓말밖에 없잖아.

모든 게 허상이고, 어디에도 실상이 존재하지 않잖아.

"료타는, 뭘 하고 싶은 거야?"

메구는 잠시 입을 다물고 있다가 그런 말을 꺼냈다.

"거기까지 알아낸 건 순수하게 대단하다고 생각해. 거의 다 맞혔거든. 하지만 거기까지 알아냈다면, 이해하지? 내가 왜 그 사실을 말해주고 싶지 않았는지."

"…단순히, 알고 싶었을 뿐이야. 내가."

"료타는, 그렇게 하고 싶은 걸 다 해버리는 인간이었어?"

"내가 제멋대로인 소리를 하지 않으면 전부 메구의 생

각대로 되어 버리니까."

실제로도 이제까지 쭉 그래 왔다.

메구의 손바닥 위에서 컨트롤 당하고 있었다.

하지만 이대로 계속 휩쓸리기만 하면 나는 아무것도 알지 못하게 된다. 진짜 메구는 만져보지도 못하게 된다. 분명히 매일 아침마다 손을 잡고 등교하지만 그건 가짜 메구, 허상의 여자친구니까.

'료타는 나를 그다지 좋아하지 않으니까.'

'아라카와, 너 정말로 메구를 좋아하기는 해?'

이렇게 지적받았을 때 나는 반론하지 못했다.

굳이 말하자면 나는 그저 나 자신을 좋아할 뿐이었다.

여자친구를 좋아하는 게 아니라, 여자친구가 있는 리얼충을 연기하는 자신을 좋아한다.

아이돌 파이브가 아니라 돌파이버인 자신을 좋아하는 녀석들이랑 다를 게 하나도 없었다.

리얼충에도, 오타쿠에도, 얄팍한 인간은 존재한다.

사실은 자기애에 불과한 것을, 3차원 연인이든 2차원 연인이든 아무튼 외측으로 향하고 있다는 착각에 의지해 아이덴티티를 획득하고, 캐릭터를 확립하고, 그리고 3달마다 연인을 갈아치운다.

나는 그렇게 되고 싶지 않았다.

메구에게는 그러는 편이 더 편했을지도 모른다.

허상에 만족해 실상을 바라지 않는, 그런 남친으로 계속 있어주기를 바랐을지도 모른다.

하지만.

역시.

나는 그렇게 되고 싶지 않았다.

물론 그렇다고 갑자기 연애 감정이 싹트는 것도 아니지만.

"…메구의 노래를 듣고 싶어."

나는 제멋대로인 소리를 했다.

"음치 행세를 할 필요 없어. 실력을 숨길 필요도 없어. 거짓이 아닌 진짜 노랫소리를, 나한테 들려줬으면 좋겠어."

"무리야."

그리고 즉시 거절당했다.

"나는 노래 못 해."

"…어째서?"

"안 하겠다고 결심했으니까."

메구는 시선을 테이블로 떨어뜨리고, 입술을 깨물었다.

"중학교 때 이런저런 일을 겪고, 나도 알게 되었어. 부모가 가수라든가 나도 레슨을 받았다든가 하는 소리는 안 하는 편이 낫다고. 아무도 모르는 편이 나아. 그것만으로 나를 싫어하게 되는 사람이, 잔뜩 있으니까."

"…그래서 모두가 보는 앞에서 음치인 척을 했구나."

그 거짓말은 누구에게도 간파당하지 않았다.

단 한 명, 키노모토라는 예외만 빼고.

'사실은, 메구가 노래해 주었으면 좋겠어.'

메구의 진짜 모습을 안 지금은, 여성 솔로를 맡아 노래해 주면 좋겠다는 키노모토의 심정도 이해가 아주 안 가진 않는다.

초등학생 때 메구의 노래를 들을 기회도 있었을 것이다. 중학생 때 가정환경이 격변했다는 사실도 알 테고. 그런 상황에서 고등학생이 되고 보니, 몇 년 만에 재회한 첫사랑이 노래를 봉인하고 있었다는 소리다.

하지만 메구의 반응은 냉담했다.

'솔로 파트라니, 나는 절대로 못 불러. 아니, 안 불러.'

키노모토의 눈에 보이는 세계는 너무나 심플하고, 너무나 깨끗하다.

메구가 살고 있는 세계는 안타깝게도 깨끗한 말로만 구성되어 있지는 않다. 거짓말의 비중이 더 많을지도 모른다.

메구는 살기 위해 거짓말을 한다.

속마음을 아는 사람은, 속마음을 알아도 되는 사람은, 속마음을 알아야만 하는 사람은, 한정된 극소수의 인간뿐이다.

"모두의 앞에서 노래할 수 없다는 건 알아. 하지만 지금은 나밖에 없어. 그러니까."

"무리라니까."

다시 곧바로 거절당했다.

"료타도 이 이상 나에 대해 알려 하지 않았으면 좋겠어."

"크헉?!"

꽤 강렬한 펀치가 날아왔다. 평생 트라우마로 남을 것 같은 한마디였다. 너무 쇼크가 커서 KO패를 당하기 직전이지만, 그래도 간신히 버텨 파이트 속행의 의사를 표명했다.

오늘의 나는 아주 각오를 단단히 했으니까.

그만 헤어지자는 말을 듣는 정도로 끝난다면 차라리 낫다. 최악의 경우, 교실에 내가 있을 자리가 없어질지도 모른다. 화장실 개인칸에서 칼로리 메이트*를 씹어먹는 생활로 돌아가야 할지도 모른다.

그런 리스크를 감수해 가면서까지 나는 이 선택지를 골랐다는 것이다.

평생 갈 트라우마가 생기는 정도로, 누가 포기할 줄 알고?

"…어째서야?"

마음속으로 파이팅 포즈를 취하면서 메구에게 물었다.

---

* 일본 오츠카 제약에서 판매하는 에너지 바 종류.

"알려 하지 않았으면 좋겠다는 게 무슨 의미냐고."

"필요 이상으로 흥미를 갖지 않았으면 좋겠어. 연애감정 같은 것도 품지 않았으면 좋겠어. 집착이라든가 질투라든가, 그런 것도 전부 없었으면 좋겠어."

끄아아아아아아아아아악?!?!?!

…죽었다.

지금, 내 생명의 불꽃이 꺼졌다.

노도와 같은 러시에 재기 불능의 대미지를 입고, 그대로 불귀의 객이 되었다.

물론 물리적인 생명 활동은 계속되고 있지만, 정신적인 존엄은 완전히 임종을 맞이했다. 리얼충이 되고 싶었을 뿐인 인생이었다. 향년 17세, 고이 잠들다.

바로 그런 생각을 한 순간.

"…메구?"

깨달아 버렸다.

메구가 조금 울고 있다는 사실을.

"나를, 좋아하지 않았으면 좋겠어."

목소리가 살짝 떨리고 있었다.

노래방은 잡음이 많고, 아얏삐의 안내 방송은 이미 2주차를 돌고 있고, 옆방 노랫소리도 들려오고 있지만, 지금 그런 건 내 의식에서 커트되어 있다. 오로지 메구의 목소리만이 귀에 들어온다.

"나는, 누구도 관심 갖지 않는 정도가, 딱 좋아. 나를 좋아하지도 싫어하지도 않는 무관심이, 제일 좋아."

"…좋아하지도, 싫어하지도 않는다고?"

아아, 그런가.

지금 드디어 이해했다.

누구에게도 미움 받고 싶지 않다는 바람을 극한까지 추구한 결과.

메구가 도달한 답은 '무관심'이었다. 결코 '좋아한다'가 아니었던 것이다.

하지만 그건,

"…제일 괴로운 상황이잖아."

나는 그렇게 생각한다.

어쩌면 오만한 의견을 지껄여대고 있는지도 모른다.

강렬한 적의에 노출된 적이 없으니까, 자신의 경험으로만 판단해 무관심이 제일 괴롭다고 말할 수 있는지도 모른다.

그래도 역시 나는 그렇게 생각한다.

리얼충도 오타쿠도 되지 못한 나의 경험을 바탕으로.

누구에게도 관심 받지 못하고, 어디에서도 마음 편하게 있을 수 없다면, 분명히 괴로울 테니까.

"그렇지 않아."

메구는 고개를 가로저었다.

"나는, 평화롭게 살아갈 수 있다면, 그걸로 만족해."

"…안 된다고, 그런 건."

나도 고개를 가로저었다.

"일단, 메구가 구원받지 못한다는 게 제일 문제라고."

"구원…이라니?"

"지금의 메구는 2주 전의 나나코 씨랑 다를 게 하나도 없어."

그리고 주먹을 꽉 쥐었다.

"OTA단 녀석들한테도 우리한테도 거짓말밖에 못하고, 속마음을 털어놓을 상대가 아무도 없어서 혼자 미술부 부실로 도망쳐선 '이거면 돼, 이대로면 돼'라고 말하던 때의 나나코 씨랑 똑같아."

리얼충 여자와 오타쿠 여자.

모든 게 정반대인 두 사람이지만.

그 언동은 가끔 신기할 정도로 닮았다.

'료타 씨는, 이 이상, 상관하지 않는 편이 낫다, 고 할까.'

학원 이능배틀물의 여주인공이 1화에서 말할 것 같은 대사.

처음에는 나나코 씨한테도 거절당했다.

만약 그대로 물러섰다면, 메구의 힘을 빌려 억지로 밀어

붙이지 않았다면 나나코 씨는 구원받지 못했다.

그러니까 나는 물러서지 않는다.

이번에는 메구의 주장을 억지로 밀어낸다.

"거짓말 자체는 부정하지 않아. 하지만 거짓말뿐이어선 안 돼. 적어도 한 명 정도는 거짓말할 필요가 없는 상대가 있어야 한다고."

아이돌 파이브가 좋아.

미코미가 좋아.

그렇게 말할 수 있는 상대를, 나나코 씨는 발견했다.

'료타 씨한테는, 정말 고마운 마음뿐이야. 에헤헤헤.'

그리고 웃는 얼굴이 되었다.

비포어 애프터의 차이를 나도 메구도 알고 있으니까.

"…내가 그 한 명이 되고 싶어."

노래방용 마이크를 메구에게 내밀었다.

분위기를 띄우기 위한 탬버린이 아니다. 그런 건 지금 필요하지 않다.

"그러니까, 메구가 제일 좋아하는 곡을 마음껏 불러 주면 좋겠어."

하고 싶은 말은 전부 했다.

이제는, 메구가 과연 마음을 열어 줄지만 남았다.

눈앞에 내민 마이크를 메구는 아무 말 없이 바라보았다. 아니나 다를까, 곧바로 받아들지는 않았다. 유명 가수의 딸이 노래할 수 없다, 노래하지 않겠다, 라는 결의까지 하게 된 배경은 그렇게 가벼운 것이 아니다.

나는 커뮤니케이션 능력이 낮으니까, 메구가 무슨 생각을 하는지 정확히 읽어내지는 못할 것이다.

하지만 그런 나조차 한눈에 알 수 있는 명확한 사실이라면.

메구의 눈에선, 지금, 눈물이 흘러내리고 있었다.

"나나코 이름을 꺼내다니, 치사해."

손가락으로 눈물을 닦으면서.

부드럽게 입꼬리를 올리면서.

울음과 웃음이 섞인 듯한 웃음으로, 메구는 시선을 들었다.

"나도, 구원받고 싶어져 버리잖아."

그 말은 분명, 거짓이 아니다.

고작 몇 분 전까지 당사자조차 깨닫지 못했을지도 모르지만, 그 말은 아마 진심에서 우러나온 한마디다.

"…미안해. 치사하고, 제멋대로에, 스토커처럼 비밀을 캐내려 드는 남자라서."

"앗, 왠지 재밌는걸. 난 그런 최악의 남친이랑 사귀고 있었던 거야?"

"게다가 첫 데이트에서 여친을 울렸어."

"아, 정말이네. 큰일이야. 료타, 진짜 너무 나쁜 사람이네."

살짝 떨리는 목소리로, 농담처럼 웃었다.

"그래도 고마워. 답례로 한 곡 불러줄게."

그러더니 개운해진 표정으로 마이크를 받더니,

"하지만 잠깐만 기다려 줄래? 어차피 노래할 거라면 제대로 하고 싶으니까."

천천히 일어섰다.

"♪아~, 아, 아, 아아~."

"…발성 연습?"

"응, 간단한 거지만."

"…보, 본격적이네."

"당연하잖아, 프로한테 레슨을 받았으니까. 료타, 우리 엄마가 누구인지 몰라?"

"…알아."

"지금은 애니메이션 성우로 일하는 야마자키…가 아니라 유즈키 아야 씨도 예전에는 나랑 같이 레슨을 받았는데. 료타, 몰라?"

"…그것도, 알아."

"우와, 스토커다아."

"…너무한데?"

"♪아~, 아, 아, 아아~~~."

자기 하고 싶은 말만 하고 다시 발성연습을 하는 메구.

그 모습을 지켜보는, 벽에 그려진 거대한 아얏삐.

변칙적이기는 해도, 지금 어쩌면 메구는 즐거웠던 시기로 돌아갔는지도 모른다. 모든 것을 거짓말로 덮어 굳혀버리기 전의 순수한 어린아이였던 시절로.

입실한 지 수십 분. 비싼 요금 값을 하는 음질 좋은 스피커에서, 드디어 첫 번째 곡의 인트로가 흘러나왔다.

기왕 콜라보룸을 빌렸는데 아얏삐의 곡이 아니다.

엔카 가수 나카모리 사치요가 가합전에서 노래한 곡이다.

나 같은 문외한도 아는 명곡 중의 명곡이다.

일본인의 마음속 깊이 자리 잡은, 정취가 있고 우아하며 아름다운 멜로디.

뭔가 엄청 세련된 셔츠 위에 엄청 세련된 재킷을 입은, 뭔가 엄청 세련된 리얼충 여자한테는 미스매치일까?

…아니, 그렇지 않다.

적어도 지금 이 자리에서는.

"그럼 료타."

노래를 시작하기 직전에. 메구는 딱 한 번 이쪽을 돌아보았다.

"내가 제일 좋아하는 곡을 부를게."

…압권이었다.

내내 닭살이 돋아 있었다.

엔카는 거의 들어본 적이 없으니 기술적인 우열은 판단하지 못하겠다.

어휘력도 빈곤한 탓에 이 감동을 표현하려 해도 레알 천사의 노랫소리라는 표현 정도밖에 할 수 없다.

하지만, 어떻게 해서라도 메구에게 전하고 싶었다.

그 노래를 들은 사람은 나뿐이니까, 남들에게서 빌려온 말이 아니라 내 언어로 메구에게 전하지 않으면 안 된다.

결과적으로는 초등학생의 감상이 되어 버렸지만.

"…좋아해."

그게 거짓말이 아니라면, 분명 아무 문제도 없다.

"나, 메구의 노래, 엄청 좋아해."

들을 수 있어서 기뻤다.

앞으로도 몇 번이고 듣고 싶다고 생각했다.

이 감정은 지극히 내면적인 것이다. 누군가에게 어필하고 싶은 게 아니다. 어떤 의미에선 궁극의 자기만족일지도 모른다.

즉, 메구의 노래를 좋아하는 나 자신을 좋아하는 게 아니라, 메구의 노래를 좋아한다.

이 둘의 차이는 작은 듯하면서도 커서, 그 차이를 의식하고부터는 자문자답만 해 왔지만, 지금, 겨우 결론을 낸 기분이 들었다.

평소의 버릇대로 그런 생각을 하고 있자니,

"…메구?"

메구에게서 아무런 반응도 없다는 걸 깨달았다.

곡은 이미 끝났다. 다음 곡을 예약하지 않았기 때문에 아얏삐의 안내방송이 다시 처음부터 흘러나왔다.

하지만 메구는 여전히 멍하니 서 있었다. 노래를 부르던 자세에서 미동도 하지 않고, 마치 영혼이 빠져나간 것처럼.

"창피해…."

속삭이는 듯한 목소리로 중얼거렸다.

그러더니 몇 초 후에.

그제야 경직이 풀린 것처럼, 마이크를 놓고 두 손으로 얼굴을 가리며 의자에 주저앉았다.

"어떡하지…. 남이 내 노래를 듣는다는 게, 이렇게… 창피한 일이었구나…."

"어, 어어?"

메구가 창피해하고 있다.

예상치 못한 사태에 나는 어안이 벙벙할 뿐이었다.

"스스로도 놀랍긴 한데…. 료타한테, 보여주면 안 되는 모습을, 보여줘버린 기분이 들어….”

“아, 아아, 응.”

“아, 그보다….”

손가락 사이로 흘끔 나를 살피더니,

“이쪽, 보지 마…. 창피하니까….”

“아, 으음, 넵.”

“진정될 때까지, 잠깐만, 아야 씨를 보고, 있어 줘…. 료타, 좋아하잖아?”

“그, 그러게, 좋아하니까, 보고 있을게, 응.”

나는 그 말에 따라 시선을 돌렸다.

등신대보다도 5배는 큰 아얏삐의 사진과 눈싸움을 한다.

아니, 확실히 좋아하는 건 사실이지만. 유사연애파 같은 건 아니라서 말이지. 이 거리에서 거대한 아얏삐를 바라보고 있으려니 어쩐지 초현실적인 기분이라 웃음이 새어 나왔다.

그 상태로 10초, 20초, 아니, 좀 더 지났으려나.

잠시, 라는 시간 지정은 언제까지 계속되는 걸까? 라고 생각하면서 시선을 움직이자,

“아직이야.”

“넵.”

곧바로 지적당했다.

내 움직임은 계속 감시당하고 있었던 것 같다. 나는 상대방의 움직임을 파악하는 것조차 허락되지 않는데, 조금 부조리하다.

…그건 그렇고.

메구한테 이런 면이 있었다니.

본인도 몰랐던 모양이고 다른 사람들에게는 나보다도 더 보여주고 싶지 않을 테니, 우리만의 비밀이 되리라는 건 쉽게 상상할 수 있다.

비밀의 수가 늘어난다. 그것 자체는 결코 나쁜 일이 아니다.

딱, 누군가 한 명만 있으면 된다.

모든 비밀을 공유할 수 있는 상대가, 누군가 한 명만 있으면 된다.그러면 분명 메구는 구원받을 수 있을 테니까.

종장
월요일의
우리들

다음 날 방과 후.

미리 공지한 대로 여성 솔로를 정하는 오디션이 실시되었다. 오디션이라고는 해도 거창한 건 아니고, 솔로 파트를 순서대로 15초쯤 불러 모두의 투표로 정한다는 간단한 것이었다.

못 부르는 사람.

평범한 사람.

그럭저럭 괜찮은 사람.

사실은 잘 부르지만 실력을 감추는 사람.

각자 자신의 노래 실력을 선보이고, 최종적으로 가장 많은 표를 모은 사람은,

"히잇 ㅋㅋㅋ 이럴 수가 ㅋㅋㅋ"

…오타히메였다.

"너무 리얼충스러운 곡을 불렀다간 인터넷에서 까일 것 같긴 하지만. 뭐, 실력으로 선택되었다면 어쩔 수 없으려나?"

“그, 그러게. 카나메 씨는, 워낙 노래를 잘하니까.”

맞장구를 치는 사람은 언제나 그렇듯 나나코 씨다.

“옷? 옷? 오옷? 나나코 씨도 그렇게 생각해?”

“어? 아, 응, 동영상 사이트의 덧글을 봐도, 다들 그렇게 말하고….”

“그렇구나, 그렇구나~☆”

딱히 싫지는 않다는 표정으로 오타히메는 연신 고개를 끄덕였다.

아니, 그야 잘했다는 건 분명하다. 역시 남들 앞에서 노래를 선보이는 데에 익숙하다. 적어도 오늘 오디션에 한해서는 압도적인 가창력이었다고 생각한다.

“그럼 잘 부탁해.”

마키마키가 오타히메에게 다가갔다.

리얼충 여자와 오타쿠 여자의 좀처럼 보기 힘든 투 샷이다.

“솔로 파트를 맡았으니 일단 연습도….”

“물론이야~, 나도 잘 알아. 나는 4반 학생이니까, 4반 연습에 참가하는 건 당연한 일이잖아?”

뻔뻔하게도 그런 소리를 한다.

그래도 일단 언질을 받아두는 데에는 성공했다.

쉽게 말하면 오타히메는 자신의 존재감을 발휘하고 싶었던 거겠지. 그리고 여성 솔로 포지션이 주어진 덕분에

균이 옆 반까지 갈 필요는 사라졌다. 선곡에 조금 불만이 있을지도 모르지만, 일단은 오케이라는 분위기다.

"반주자님도, 연습, 힘내라♡ 힘내라♡"

"알았어. 나도 진지하게 칠 테니까 너도 제대로 노래해 줘."

합이 잘 맞는 건지, 안 맞는 건지.

오타쿠 여자 특유의 어지러운 기세를 화려하게 흘려넘기면서 여성 솔로에서 반주자로 전향한 리얼충 여자가 교단 쪽을 보았다.

시선 끝에는 키노모토가 있었다.

하지만 키노모토가 바라보는 사람은 다른 리얼충 여자였다.

"…메구."

"왜?"

"…그게, 엄청 쳐다보고 있는데."

"아, 정말이네."

마치 지금에야 알아차렸다는 듯이.

메구는 고개를 돌려 키노모토와 눈을 맞추더니 가볍게 손을 흔들었다.

상대가 면역력 높은 리얼충 남자가 아니었다면, 어라? 혹시 얘, 나를 좋아하나? 라는 착각에 빠질 듯한 너무나 죄 많은 행위다.

하지만 물론 키노모토는 착각 따위 하지 않는다.

뭔가를 깨달은 표정으로, 가볍게 어깨를 늘어뜨렸다.

반응은 그걸로 끝이었다.

"일단 이걸로 정할 건 다 정했어. 이제부턴 한마음으로 열심히 연습하는 일만 남았어. 열심히 하자! 꼭!"

키노모토는 메구라는 개인이 아니라 2학년 4반 전체를 향해 호소했다.

그 표정에 그늘은 없었다.

다 떨쳐낸 것처럼 밝고, 그리고 힘이 느껴졌다.

"좋아, 해보자고!"

"목표는~? 우승 말곤~! 있~을~수~없~지~!"

다른 리얼충 남자들도 키노모토에게 동화되었는지, 잘 이해가 안 가는 수수께끼의 텐션으로 떠들어대기 시작했다. 평소의 나라면 조금 불쾌감을 느꼈겠지만, 오늘의 나는 조금 다르다. 무거운 분위기를 질질 끌고 가는 것보다야 이쪽이 몇 배는 낫다.

"무조건 우승한다!"

"오---★"

"오옷~☆"

마키마키의 목소리와 오타히메의 목소리가 겹쳐졌다.

리얼충과 오타쿠의 장벽을 넘어, 이 반은 하나가 되었다.

여기에 이르기까지 정말 다양한 문제가 있었고, 최종적인 결론도 모두가 백 퍼센트 수긍할 수 있는 형태는 아닐지도 모르지만.

분명 이게 전체적으로 최적이겠지.

교실의 열기를 느끼며, 나는 그 확신을 더욱 강하게 가졌다.

❖ ❖ ❖

방과 후의 합창 연습이 끝났다.

저번 주와 비교하면 오늘은 다들 의욕이 있었다.

해결되지 않은 문제가 여기저기 보이는 상황과 전부 해결하고 전진만 남았다는 상황은 모티베이션에도 큰 영향을 주는 모양이다. 당장 나부터가 쓸데없는 일들을 생각하지 않고 연습에 집중할 수 있었으니까, 지금은 꽤 충실감이 있다.

그런 기분으로 집에 갈 준비를 하고 있자니,

"아라카와."

마키마키가 말을 걸었다.

"메구한테 들었거든? 어제 데이트했다며?"

"…아, 응. 했어."

반사적으로 경계하게 된다.

예고도 없이 거리를 좁혀오는 이 느낌.

나는 이게 여전히 조금 불편하다.

"이야-, 뭐랄까, 메구가 오늘 딱 봐도 행복해 보였어. 아라카와랑 대화하는 것만으로도 러브가 좔좔 흐르던데-."

"…그, 그렇게 보였어?"

"응, 무지무지. 저번 주랑은 분위기 완전 달라."

실실거리는 얼굴이 거리낌 없이 다가온다. 상대의 눈을 직시하는 데에 주저도 부끄러움도 전혀 느끼지 않는다.

"역시 그건가아? 어제 데이트, 대성공해버렸다는 느낌?"

"…아, 넵. 뭐 덕분에."

"휘익- 휘익-★"

정말 불편하고 피곤한 대화다.

칭찬받고 있다는 건 분명하지만, 야유당하고 있다는 것도 분명하다.

리얼충끼리의 커뮤니케이션에서 야유라는 행위는 기본적으로 포지티브한 의미를 지닌다.

오타쿠 문화에 완전히 절어 있는 인간은 이 점을 이해해두지 않으면 포지티브한 메시지를 네거티브하게 받아들이기 십상이다.

머리로는 잘 이해하고 있지만.

그래도 근본적인 문화의 차이이기에 곧바로 순응하긴 힘들다.

"그런데 어디 갔었어?"

"…어?"

"메구가 안 알려주더라고. 비밀이라면서."

"…아아, 그러게."

저도 모르게 쓴웃음이 나왔다.

뭐, 그야 그렇게 묻는다면 그렇게 대답하겠지.

"그럼 나도 말 안 해. 나랑 메구만의 비밀이니까."

데이트 장소는 알려줄 수 없다.

무엇을 노래했는지.

어째서 노래했는지.

그것도 절대로 알려줄 수 없다.

'어떡하지…. 남이 내 노래를 듣는다는 게, 이렇게… 창피한 일이었구나….'

여자친구의 창피한 에피소드를 아무한테나 흘리고 다닌다면, 그거야말로 남친으로서 실격이니까.

메구의 그런 일면은 나만 아는 걸로 충분하다.

오디션에서 메구는 보란 듯이 음정을 틀렸다. 템포도 완전히 엉망이었다.

학급 모두에게 투표권이 있었으니 다들 메모를 하면서 조용히 듣고 있었는데, 메구가 노래를 시작하자마자 교실

전체가 웅성거려 금세 소란스러워졌다. 불특정 다수가 낮게 수군거리는 목소리의 총량이 메구의 소극적인 성량을 넘어설 정도였다.

일단, 여러 가지 의미로 모두의 인상에 남았다는 건 분명하리라.

이름 순서에 따로 직전에 노래한 오타히메가 객관적으로도 엄청나게 노래를 잘했기 때문에, 거기에서 오는 낙차도 있어서 더욱 그랬다.

마키마키는, 역시나, 하고 납득한 듯한 표정이었다.

키노모토는 끓어오르는 복잡한 감정을 필사적으로 억누르는 분위기였다.

…아무튼 미안해.

리얼충 여자의 반응에 안도하며, 리얼충 남자의 심정을 깨달은 나는 속으로 마음에도 없는 사과를 했다.

'…거짓말은, 하지 않았으면 좋겠어.'

'할 수 있는데도 못 하는 척하는 건 역시…, 좋지 않은 일이라고 생각하거든.'

키노모토의 이 발언은 어떤 의도였을까.

분명 메구에게 진짜 노래실력을 보이라는 뜻이었겠지. 오디션이라는 자리에서 평소의 노래방에서나 듣던 가짜 노랫소리는 듣고 싶지 않았을 것이다.

다시금 생각하게 되는데, 키노모토는 어떻게 봐도 주인

공이다. 일견 경박하게 보이지만 어떤 난관에도 정면에서 맞서는…, 뭐라고 할까, 정열적인 남자다.

이야기의 주인공이 정론을 외친다.

이야기의 세상이 이의를 외친다.

이 경우, 틀린 건 백 퍼센트 세상이다.

거짓말은 바람직한 행동이 아니다.

거짓말을 하는 편이 이득이라면, 그런 세상은 문제가 있다.

거짓말을 하지 않는 정직한 인간이 구원받는, 그런 세상을 실현하기 위해 주인공은 싸운다.

…하지만.

메구도.

나나코 씨도.

그리고 나도.

아쉽지만 우리는 주인공이 아니고, 그 이전에 명확한 적도 존재하지 않는다. 가령 세상이 잘못되었다 해도 그걸 올바른 방향으로 바꿀 힘 따위는 갖고 있지도 않다.

…그러니까.

우리는 정론 따위 말하지 않는다.

우리 이외의 세상 전부에게 거짓말을 하면서 살아갈 뿐이다.

❖ ❖ ❖

내가 방과 후 합창 연습이 끝났다고 말했던가?

그건 거짓말이다.

아니, 거짓말까진 아니다. 남자 쪽은 정말로 끝나서 이미 해산했으니까. 여자들은 다른 방에서 연습하고 있었는데, 내가 돌아갈 준비를 할 때 마키마키가 느긋하게 다가와서 잡담이나 늘어놓으니까 저쪽도 끝났다고 착각했던 것이다.

실제로는 조금 더 이어졌던 모양이다.

오타히메가 여성 솔로가 되었으니 파트를 다시 나눠야 하나 말아야 하나로 논의가 있었다고 한다.

그리고 마키마키는 반주자와 상관없는 문제라면서 혼자 빠져나와 키노모토를 찾고 있었다는 것이다.

"아, 찾았다! 키놋치, 오늘 잠깐 시간 있어?"

"오-, 무슨 일이야? 이제부터 부실에 잠깐 들러야 하는데, 그 후에도 괜찮아?"

리얼충 여자가 리얼충 남자에게 노골적인 호감을 드러낸다.

리얼충 남자는 이러니저러니 해도 리얼충 여자를 싫어하지는 않는다.

이 자식들아, 빨리 좀 사겨라.

리얼충이니까 리얼충답게 리얼에 충실해 버리라고.

러브가 콸콸 넘쳐 흐르는구나아.

휘익~ 휘익~★

…그런 리얼충 같은 야유를 머릿속에서 암송하면서.

갑자기 한가해진 나는 일단 스마트폰을 만지작거리기 시작했다.

{메구 : 미안, 10분 정도만 기다려 줘.}

BINE을 확인하니 메구한테서 메시지가 와 있었다.

그리고 완전히 같은 시각에 나나코 씨한테서도.

{나나코 씨@OTA단 : 앞으로 5분쯤 걸릴 것 같아….}

예상시간의 차이에 두 사람의 성격이 나와서 흥미롭다. 두 사람이 교실로 돌아오는 건 과연 5분 후일까, 아니면 10분 후일까.

그런 생각을 하면서, 나는 거의 무의식적으로 화면을 손가락으로 스크롤했다.

나나코 씨와 주고받은 개인 메시지가 1일 전, 2일 전, 3일 전, 으로 거슬러 올라가 표시되었다.

——금요일, 23시경.

{나나코 씨@OTA단 : 오늘, 부실에서 하지 못한 이야기가 있는데….}

{나나코 씨@OTA단 : 료타 씨한테는, 제대로 말해두고 싶으니까, 말할게?}

미술부 부실에서 메구의 비밀을 밝혀낸 때로부터, 수 시간 후.

나나코 씨는 나에게 BINE 메시지라는 형태로, 이렇게 말해주었다.

{나나코 씨@OTA단 : 나, 료타 씨한테, 엄청 고마워하고 있어.}

{나나코 씨@OTA단 : 아, 물론 료타 씨만이 아니라, 메구한테도.}

{나나코 씨@OTA단 : 내 비밀이, 나만의 비밀이 아니게 되었잖아.}

{나나코 씨@OTA단 : 하지만 OTA단 사람들한테 모두한테 들킨 것도 아니고.}

{나나코 씨@OTA단 : 지금 같은 형태가, 뭐랄까, 엄청, 좋다아~, 라고 생각해.}

나나코 씨의 비밀.

간단히 말하면, 그녀가 돌파이버라는 사실.

복잡하게 말하면, 미술부 부실이라는 최후의 성역에 우상(피규어)을 대량으로 갖고서 피난해, 혼자 외롭게 탄압에 맞서 항전을 이어왔다는 사실.

{나나코 씨@OTA단 : 메구도 분명, 나랑 같을 거야.}

{나나코 씨@OTA단 : 메구 스스로는 자각하지 못할지도 모르지만….}

{나나코 씨@OTA단 : 료타 씨한테도 비밀을 말할 수 없다는 건, 분명히 괴로울 거야.}

{나나코 씨@OTA단 : 바로 얼마 전까지의 내가 그랬으니까.}

{나나코 씨@OTA단 : 료타 씨랑 메구 덕분에, 나는 구원받았다고 생각하고 있어.}

{나나코 씨@OTA단 : 그러니까, 이번에는….}

{나나코 씨@OTA단 : 료타 씨랑 내가, 메구의 힘이 되어 주고 싶어.}

이 날로부터 이틀 후, 일요일. 메구는 나에게 진짜 노랫소리를 들려주었다.

이 날로부터 사흘 후, 월요일. 메구는 모두에게 가짜 노랫소리를 선보였다.

나에게 아이돌 파이브 포교활동을 하면서 OTA단을 위해 반코네 일러스트를 정기적으로 그리는 나나코 씨와, 메구는 역시 어딘가 닮았다.

리얼충 여자와 오타쿠 여자.

모든 게 정반대인 두 사람이지만.

"…재미있네."

혼잣말을 툭 내뱉었다.

둘 사이에서 오락가락하는 내가 이 둘의 비밀을 아는 유일한 존재가 되어 버린 과정이나 배경까지 전부 포함해서.

지금 이 시대, 도쿄의 고등학교는 그 나름대로 재미있는 장소라고 생각한다.

"…응?"

복도에서 발소리가 들려왔다.

파트 재분배에 관한 논의를 마무리하고 여학생들이 돌아온 모양이다.

"료타, 오래 기다렸지?"

"료타 씨, 기다리게 해서 미안…."

"아냐, 그쪽이야말로 힘들었지? 고생 많았어."

두 사람에게 인사하다가 아까 하던 생각이 떠올라 시간을 확인했다.

아까의 메시지를 받은 시각으로부터 정확히 7분 30초가 지나고 있었다.

후기

2권, 2권입니다아아~!!

1권을 낸 지 시간이 꽤 오래 흐르고 말았습니다. 오래 기다리시게 해서 대단히 송구스럽습니다. 그래도 이 책을 선택해 주신 여러분께 진심으로 감사의 말씀을 드립니다.

왜 이렇게 늦어졌냐고요?

90퍼센트는 제 집필 속도 탓입니다. 죄송합니다, 죄송합니다, 죄송합니다, 죄송합니다.

그럼 나머지 10퍼센트는?

그걸 쓰면 K사의 높으신 분께 또 혼날 테니, 네에, 이대로 넘어가 주셨으면 좋겠습니다.

다른 이야기를 하죠.

지금은 2018년 봄, 버추얼 유튜버가 대유행하고 있습니다. 정확한 정의를 설명하긴 힘들지만, 2차원 스타일의 캐릭터가 잡담하거나 노래하거나 게임 실황을 하는 등, 아무튼 엄청난 양의 동영상이 매일같이 공개되고 있습니다.

그 동영상 하나하나, 혹은 캐릭터 하나하나가 재미있다

는 건 당연한 일입니다.

지금이 바로 새로운 문화가 생겨나려는 순간이고 우리는 그 순간을 실시간으로 목격하고 있다는 고양감이 압도적인 열량을 발생시키고 있다는 기분이 듭니다.

10년쯤 전의 일이 떠오릅니다.

2007년 가을에 시작된 보컬로이드 대유행을 실시간으로 경험한 저는,

"음악 업계를 뒤집어 버릴지도."

"당연히 뒤집을 거야."

"가슴이 뜨거워지는걸."

같은 소리를 쓰고 있었던 기억이 납니다. 모 익명 게시판에.

그대로 전력을 다해 오타쿠의 길을 걸었다면 지금과는 다른 인생을 살았을 테고 이 소설도 쓰지 못했겠지만, 뭐, 그 이야기는 일단 넘어가고요.

시대는 변했어도 새로운 문화가 태어나는 순간의 두근거림은 변하지 않습니다.

그런 생각을 하면서 매일 갱신되는 영상이나 버추얼 유튜버 관련 기사가 실리는 모 월간지(발행:K사)를 즐겁게 기다리며 하루하루를 살아가고 있습니다.

요약하자면, K사는 훌륭한 출판사입니다!! 최고입니다!! 예이~!!

이상, 본문과 아무런 상관이 없는 후기였습니다.

속도가 느린 작가라 면목이 없습니다만, 앞으로도 느긋한 마음으로 응원해 주신다면 기쁘겠습니다.

히로사키 류

리얼충도 오타쿠도 되지 못하는 나의 청춘 2

초판 1쇄 I 2020년 08월 25일

지은이 히로사키 류 I **일러스트** 토우마 키사 I **옮긴이** 주원일
펴낸이 서인석 I **펴낸곳** 제우미디어 I **출판등록** 제 3-429호
등록일자 1992년 8월 17일 I **주소** 서울시 마포구 독막로 76-1 한주빌딩 5층
전화 02-3142-6845 I **팩스** 02-3142-0075 I **홈페이지** www.jeumedia.com

ISBN 978-89-5952-951-3
978-89-5952-876-9 (set)
*파본은 구입하신 서점에서 교환해 드립니다.

I **JM노벨 트위터** twitter.com/JMBOOKNOVEL

만든 사람들
출판사업부 총괄 손대현 I **편집장** 전태준
책임편집 서민성 I **기획** 박건우, 안재욱, 양서경, 이주오
디자인 총괄 디자인그룹 헌드레드 I **제작, 영업** 김금남, 권혁진